Re:cycle《リサイクル》

〜たったひとりのアイドル〜

十夜 原作
木野誠太郎 著

PHP

contents

prologue

202X/05/01 Wed.

スタンドで浮《う》かせた自転車の後輪を、軍手をはめた手でシャッとまわす。油を差したばかりのチェーンがカラカラと小気味いい音を奏《かな》でると、少年は親指を立ててにっこりと笑った。

「修理《しゅうり》終わり！　いつもありがとな、夏樹《なつき》のおばちゃん！」

「こちらこそ、いつもありがとうね」

老婦人《ろうふじん》はお代の千円札を少年に手渡《てわた》すと、修理《しゅうり》されたばかりの自転車にまたがる。嬉《うれ》しそうに走り去っていく姿《すがた》を見送って、少年は心が満たされた気分になった。

海沿《うみぞ》いの町にある、さびれた自転車店——『カザハヤサイクル』。

そこでは、年老いた店主の輪太郎《りんたろう》と、その孫が手伝いとして働いている。

風早奏輪《かざはやかなわ》。

太陽みたいにまばゆい笑顔《えがお》を見せるのは、ついこの間まで小学生だった、風早《かざはや》家の一人息子《むすこ》だ。

「終わったよ、じいちゃん」

そう言いながら、奏輪《かなわ》は店舗《てんぽ》の奥《おく》にある祖父《そふ》の部屋に向かう。

輪太郎《りんたろう》は奏輪《かなわ》が向かってきたのに気付くと、顔を上げた。

「奏輪《かなわ》。おまえに話しておきたいことがある」

「え、なに？」

「立ち話もなんだ、こっちに座《すわ》れ」

奏輪《かなわ》が座布団《ざぶとん》に座《すわ》ると、輪太郎《りんたろう》はしわしわのおでこに、さらに深いしわを刻《きざ》んで言った。

「奏輪《かなわ》は自転車屋の仕事が好きか？」

「もちろん！　嫌《きら》いだったらわざわざ放課後に手伝いに来ないって」

「そうか」

しばらくの間、思い出を振《ふ》り返《かえ》るように目を閉《と》じていた輪太郎《りんたろう》だったが、奏輪《かなわ》が「じいちゃん……？」と声をかけると、静かに告《つ》げた。

「実はな、店を閉《し》めようと思っている」

「……あはは、またいつもの引退《いんたい》するする詐欺《さぎ》？　もう騙《だま》されないって！」

奏輪《かなわ》は輪太郎《りんたろう》の顔色をうかがう。

しかし、輪太郎《りんたろう》は真剣《しんけん》な表情《ひょうじょう》を崩《くず》さず、重々しい口調で続けた。

「今回ばかりは冗談《じょうだん》ではない。お前の父さんと話して、今年《ことし》じゅうに店じまいすることにしたんだ」
「……嘘《うそ》、だよな？」
目を大きく見開いて、奏輪《かなわ》は輪太郎《りんたろう》が言葉を覆《くつがえ》してくれるのを待った。
しかし、輪太郎《りんたろう》は首を横に振《ふ》るだけだった。
思えばこの日から始まったのかもしれない。
風早奏輪《かざはやかなわ》の人生を大きく変えていく、物語が。

「1話」

たったひとつの存在《アイドル》

202X/05/07 Tue.

波島《なみしま》中学校。

自然豊《ゆた》かな小高い丘《おか》に立つその校舎《こうしゃ》からは、瀬戸内海《せとないかい》の青々とした海と、たくさんの島々が見える。

「はぁ……」

そんな波島《なみしま》中学校に先月入学した奏輪《かなわ》は、『カザハヤサイクル』を店じまいするという輪太郎《りんたろう》の話を聞いてからというもの、ため息ばかりついていた。

小学生の頃《ころ》から常連《じょうれん》さんと輪太郎《りんたろう》が楽しそうに語らっているのを横で聞くのが好きで、自分から進んで手伝いをしていた思い出の店。

それがなくなるなんて信じられなくて、楽しいはずのゴールデンウィークもさっぱり楽しめなかった。

「売り上げがよくないっていうのは父さんから聞いてたけど、まさか閉店《へいてん》しなきゃいけないほどピンチだったなんて……」

一週間経《た》った今でも、奏輪《かなわ》は輪太郎《りんたろう》とのやり取りを鮮明《せんめい》に覚えている。

『なんで教えてくれなかったんだよ。波島《なみしま》にはサイクリングロードもあるし、自転車と共にある町だって……この町でずっとカザハヤサイクルをやるんだって、じいちゃんも言ってたじゃん！』

『そのサイクリングロードが原因《げんいん》だ』

『どういうこと……？』

『ここ数年の自転車ブームで、駅前にいくつもサイクルショップができたのを奏輪《かなわ》も知ってるだろう。外国メーカーのロードバイクが売られていて、古くからある町の自転車屋から、お客さんが流れてしまった』

『そんな。おれももっと手伝うから、何とかならないの？』

『気持ちはありがたいが、赤字を解消《かいしょう》しないことにはどうにもならん。続けるにしても、三か月が限度《げんど》といったところか』

『三か月……わかった。じゃあその残りの三か月で売り上げが回復《かいふく》したら、店を畳《たた》むのを考え直してよ！　おれが何とかするから』

そう言ったものの、今のところカザハヤサイクルの経営《けいえい》を立て直すような秘策《ひさく》は何も浮《う》かんでいない。

窓《まど》から見える、島と島をつなぐ真っ白な橋は、波島《なみしま》市の名所と呼《よ》ばれる波島《なみしま》サイクリングロードの入り口だ。

そこには全国からたくさんのサイクリストが集まって、朝早くから夕方まで、のびのびとサイクリングを楽しむ。奏輪《かなわ》も小さい頃《ころ》に輪太郎《りんたろう》とたびたび遊びに行ったことのある思い出の場所だ。

なのに、そのサイクリングロードが原因《げんいん》で閉店《へいてん》するだなんて……。

「絶対《ぜったい》おれは諦《あきら》めないからな。『カザハヤサイクル』に、お客さんをたくさん呼《よ》んでみせる」

奏輪《かなわ》は連休明けで騒《さわ》がしい教室の隅《すみ》で、決意を固めるように拳《こぶし》をぎゅっと握《にぎ》った。

ガラガラ。

ドアが開く音と共に、教室がサッと静かになる。

「おい、廊下《ろうか》まで声が響《ひび》いてたぞ。……ホームルームの時間だ」

担任《たんにん》の牧田《まきた》先生の声。

野球部の鬼《おに》コーチとしても知られる体育教師《きょうし》の牧田《まきた》に逆《さか》らう生徒はいない。奏輪《かなわ》も姿勢《しせい》を正して顔を上げると、牧田《まきた》の隣《となり》には見知らぬ生徒の姿《すがた》があった。

「一部のやつは知ってるかもしれないが、今日《きょう》から転校生が来ることになった。自己紹介《じこしょうかい》して

桐ヶ谷桜屋

くれ」

季節外れの転校生に、クラスがざわつく。

教壇《きょうだん》に上がった彼《かれ》は、眼鏡《めがね》をかけた切れ長の瞳《ひとみ》が印象的な、整った顔立ちの少年だった。

「桐《きり》ヶ谷《がや》桜臣《はるおみ》。親の転勤《てんきん》の都合で波島中《なみしまちゅう》に転校してきました。以上」

ロボットのように、無愛想《ぶあいそう》に告げる。

牧田《まきた》はそんな桜臣《はるおみ》をフォローするように「緊張《きんちょう》してるみたいだな」と言って、ははと笑った。

「じゃあ桐《きり》ヶ谷《がや》。風早《かざはや》の隣《となり》に座《すわ》ってくれ」

そう言って、窓際《まどぎわ》の最後列にある奏輪《かなわ》の席を指《さ》し示《しめ》す牧田《まきた》。

桜臣《はるおみ》は、奏輪《かなわ》をちらりと見て、隣《となり》の席に座《すわ》った。

「何かわからないことがあれば、風早《かざはや》に聞いてくれていいからな。頼《たの》んだぞ、風早《かざはや》」

「あ、はい！　任《まか》せてください！」

ホームルームを終えて去っていく牧田《まきた》に元気よく返事をして、奏輪《かなわ》は桜臣《はるおみ》に笑顔《えがお》を向ける。

「おれは風早奏輪《かざはやかなわ》。よろしくな、桐《きり》ヶ谷《がや》！」

「……」

「さっそくだけど、おまえ自転車持ってるか？　もしまだなら、おれのじいちゃんがやってる

『カザハヤサイクル』をオススメするよ！　おれが通学で使ってる自転車も、その店で売ってて——」

「…………」

「っておい、無視《むし》すんな！」

奏輪《かなわ》のツッコミが教室にむなしく響《ひび》くなか、転校生を含《ふく》めた五月の学校生活は始まった。

202X/05/14 Tue.

桜臣《はるおみ》が転校してきて一週間が経《た》った、ある日の放課後。

「ん～……」

奏輪《かなわ》は、図書室で苦しそうにうなっていた。

『カザハヤサイクル』に新しいお客さんを呼《よ》ぼうとたくさんチラシを作って配ったものの、ほとんど成果がなかったからだ。

机《つくえ》の上には、コンビニのコピー機で刷ったチラシの残りがこれでもかと積まれている。

「何がいけないんだろう……」

先生に許可《きょか》を取って、校門の前で数日間チラシ配りをさせてもらった。だけど、そこから『お客さんが急増《きゅうぞう》！』なんてことにはならなかった。

奏輪《かなわ》の明るい性格《せいかく》につられてチラシを受け取ってくれた生徒も少なくなかったが、新品の自転車は高額《こうがく》で、一般的《いっぱんてき》な中学生のお小遣《こづか》い一年分以上の値段《ねだん》がする。興味《きょうみ》を持ってくれた生徒も買うことは考えていないようで、「ごめんね、風早《かざはや》くん」と申《もう》し訳《わけ》なさそうに立ち去っていった。

静かな図書室で、奏輪《かなわ》は頭を掻《か》きむしって考えを深めるが、チラシ配り以外の案はなかなか出てこない。

「もっと効果的《こうかてき》なアイディアがあるといいんだけどなぁ」

ため息をつきながら、書架《しょか》から持ってきた本をぱらぱらとめくる。波島市《なみしま》の歴史《れきし》がまとめられたその本には、波島《なみしま》サイクリングロードができた経緯《けいい》や、利用者数の目標値《もくひょうち》まで丁寧《ていねい》に書かれていた。

サイクリングロードに来るお客さんを、どうにかして『カザハヤサイクル』に呼《よ》び込《こ》めればいいんだけど。

「あ～、駄目《だめ》だ！　何も思《おも》い浮《う》かばない！」

奏輪《かなわ》の突然《とつぜん》の大声に、静かに読書や勉強をしていた生徒たちが一斉《いっせい》に奏輪《かなわ》のほうを見る。奏《かな》輪《わ》はハッとして口をつぐんだ。

(しまった、図書室は私語厳禁《しごげんきん》だった！)

空気を読めない行動をしてしまい、奏輪《かなわ》は居《い》たたまれなくなって席を立つ。

そんなとき、背《せ》の高い本棚《ほんだな》の陰《かげ》に隠《かく》れるように立つ転校生の姿《すがた》が、ふいに目に入った。

(あれは……桐ケ谷《きりがや》？)

さっきの奏輪《かなわ》の声も、集中して聞こえていなかったのか。

桜臣《はるおみ》は辞書みたいな分厚《ぶあつ》さの本を、じっくりと読んでいる。

(そうだ！　こいつならもしかして――)

奏輪《かなわ》は桜臣《はるおみ》の姿《すがた》を見て、職員室《しょくいんしつ》で先生たちが話していたことを思い出す。転勤《てんきん》が多い仕事の父親に連れられ、小学生の頃《ころ》から転校が多かった桜臣《はるおみ》は、どんな転校先の授業《じゅぎょう》にも遅《おく》れないで済《す》むよう、その年の学習範囲《はんい》を四月中にすべて暗記してしまうそうだ。

最初にその話を聞いたときは、どうせ桜臣《はるおみ》が話を盛《も》ったか、噂《うわさ》に尾《お》ひれが付いただけだと思っていた。だが、今の奏輪《かなわ》は「すがれるものなら藁《わら》にでもすがりたい」状況《じょうきょう》だ。もし本当に、この転校生が天才なのだとしたら――カザハヤサイクルを立て直す「知恵《ちえ》」を何か授《さず》けてくれるのではないか。

淡《あわ》い期待を胸《むね》に、桜臣《はるおみ》のもとへと向かう。

「なぁ桐ヶ谷《きりがや》。ちょっといいか？」

「……風早奏輪《かざはやかなわ》か」

急に話しかけられて驚《おどろ》いたのか、そのロボットのような無感情《むかんじょう》な目が、ほんの少しだけ開かれた。

「教えてほしいことがあるんだ」

「何で俺《おれ》が――」

「頼《たの》めるのはおまえしかいないんだよ」

「断《ことわ》る」

「頼《たの》むよ！」

「嫌《いや》だ」

「そこを何とか！」

桜臣《はるおみ》の嫌《いや》そうな声に重ねるように、両手を合わせて、必死に頼《たの》み込《こ》む奏輪《かなわ》。

そんな奏輪《かなわ》の様子に、桜臣《はるおみ》は眉間《みけん》にしわを寄せて言った。

「仕方ない、今回だけだぞ。おまえはしつこそうだからな」

「ありがとう……！」

目を輝《かがや》かせる奏輪《かなわ》。対照的に、桜臣《はるおみ》は面倒《めんどう》くさそうにため息をつくと、本を棚《たな》に戻《もど》した。

「ここでは話せん。廊下《ろうか》に出るぞ」

そう言って扉《とびら》に向かう桜臣《はるおみ》を追う形で、奏輪《かなわ》は図書室を後にした。


廊下《ろうか》に出た奏輪《かなわ》は、『カザハヤサイクル』の苦しい現状《げんじょう》を伝える。桜臣《はるおみ》は話を聞いて、ふむ、とうなずいた。

「経営《けいえい》が立て直せない限《かぎ》り、その店は三か月後に閉店《へいてん》する……。おまえは、それを阻止《そし》したいということか」

「そうなんだよ～。チラシ配りとかしてみたんだけど、うまくいかなくて。頭の良いおまえなら、何かヒントをくれるんじゃないかって思ったんだ！」

「そうか」

桜臣《はるおみ》は眼鏡《めがね》をクイッと上げると、淡々《たんたん》と告《つ》げた。

「風早奏輪《かざはやかなわ》。おまえの行動は間違《まちが》っている」

「えっ!?」

「端的《たんてき》に言うと、おまえは相手の立場に立って考えていない。チラシを受け取ったやつらは自転車を買ってくれたか？」

奏輪《かなわ》は首を横に振《ふ》った。

「誰《だれ》も買わなかった」

「だろうな。チラシは反応《はんのう》される割合《わりあい》が低い。一万枚《まい》配って二、三人に売れたら成功の部類だ」

「そんなに低いのか？」

「ああ。おまえのやりかただと、チラシを刷れば刷るだけ赤字になる」

桜臣《はるおみ》は奏輪《かなわ》にもわかりやすいよう、ポケットからメモ帳とシャープペンシルを取り出して、数字を書きながら説明する。

奏輪《かなわ》が用意したチラシのコピー代は一枚《まい》二十円で、一万枚《まい》刷るのに二十万円かかる。

高級自転車が一台五万円の利益《りえき》になるとすると、三台売れたとして十五万円の利益《りえき》。

つまり――

「自転車を三台売っても、約五万円の赤字が出る」

メモ帳に計算式を書いてみせる桜臣《はるおみ》。

奏輪《かなわ》はショックを受けたように、目を白黒させる。

「ご、五万円⁉」

「そうだ。自転車を売るためにチラシを配るのは間違《まちが》っている」

自分の行動が『カザハヤサイクル』の首を絞《し》めていたことに、青ざめる奏輪《かなわ》。高級自転車ばかりを取《と》り揃《そろ》えているならまだしも、『カザハヤサイクル』の売《う》れ筋《すじ》商品は、もっとお手頃《てごろ》なママチャリや子ども用の自転車だ。到底《とうてい》黒字にはできない。

そんな奏輪《かなわ》の顔をチラリと見て、桜臣《はるおみ》は続ける。

「家業がなくなるかもしれないのに、落《お》ち込《こ》んでいる場合じゃないだろう。発想の転換《てんかん》をしろ。

……お金をかけずに自転車を売るにはどうすればいい？」

「お金をかけてもうまくいかなかったのに？　そんな魔法《まほう》みたいな方法が、あるのか……？」

頭の上にたくさんハテナを浮《う》かべている奏輪《かなわ》をフォローするように、桜臣《はるおみ》がさらに続けた。

「店や商品を宣伝《せんでん》する方法は、チラシ以外にもあるだろう」

そう言って、ポケットからスマホを取り出す。

「ＳＮＳ《エスエヌエス》を使え。自分の作品や商品の魅力《みりょく》を伝えることを『セルフプロデュース』と言って、アーティストなんかもよくやる手法だな。手間はかかるが、多くの人に見てもらえるはずだ」

「セルフ、プロデュース……」

窓《まど》から差《さ》し込《こ》む光が、奏輪《かなわ》の顔を明るく照らした。

奏輪《かなわ》はこれまで意識《いしき》していなかったけれど、自転車のレビューサイトや、サイクリストの動画配信、自転車旅の様子を撮影《さつえい》したＶＬｏｇ《ブイログ》——そういうものを、普段《ふだん》からたくさん見ていた。

それがすっかり日常《にちじょう》になっていて、気付かなかったのだ。

学校では電源《でんげん》を切るように校則《こうそく》で決まっているスマホを、奏輪《かなわ》も慌《あわ》てて取り出す。

それは、今の奏輪《かなわ》を助けてくれる魔法《まほう》のアイテムのように感じた。

「ありがとう！　さっそくやってみるよ！」

奏輪《かなわ》は明るく告《つ》げると、にっこりと笑ってその場を後にした。

図書室で桜臣《はるおみ》に相談を持《も》ち掛《か》けてから三時間後。

奏輪《かなわ》は『カザハヤサイクル』の手伝いを終えて帰路についた。

桜臣《はるおみ》から教えてもらった新たな宣伝《せんでん》方法を早く試したくて、うきうきしながら愛用しているスカイブルーのマウンテンバイクをこぐ。

波島《なみしま》駅前から十分ほどの位置にあるマンションの一室。

そこが、奏輪《かなわ》と両親が暮《く》らしている家だ。

輪太郎《りんたろう》は『カザハヤサイクル』の奥《おく》にある居住《きょじゅう》スペースで寝泊《ねと》まりしているが、週末は奏輪《かなわ》の母親が作った手料理を食べにマンションにやってくることもある。平日の今日《きょう》は、仕事を終えた輪太郎《りんたろう》とはそのまま店で別れていた。

「ただいま～」

スニーカーを脱《ぬ》ぎながらリビングに向かって声をかけるが、反応《はんのう》はない。

玄関《げんかん》には父親の靴《くつ》も、母親の靴《くつ》もあるから、もう帰っているはずなのだが……。

おかしいなと思いながら、廊下《ろうか》を歩いていくと、リビングのドア越《ご》しに両親の会話が聞こえてきた。

「ねぇ、本当にお義父《とう》さんのお店のこと、奏輪《かなわ》に任《まか》せるの？」

「あぁ、俺《おれ》たちで相談して決めただろ。これも社会経験《けいけん》だって」

「それは、そうだけど……」

「やれることはすべてやったほうが、あいつも諦《あきら》めが付くだろう。三か月以内に売り上げが回《かい》復《ふく》しなければ店を閉《し》めると、オヤジも奏輪《かなわ》に伝えたみたいだしな」

「そうね。そろそろ塾《じゅく》にも行ってほしいけど、あと三か月だけなら――」

ふたりは、奏輪《かなわ》が帰ってきていることに気付いていないようだ。

話に割《わ》って入るべきか迷《まよ》ったが、このままだと盗《ぬす》み聞《ぎ》きをしたようで後味が悪い。

奏輪《かなわ》は思い切ってドアを開けた。

「ただいま。父さん、母さん」

「あら奏輪《かなわ》、おかえりなさい。そろそろ夕食の準備《じゅんび》をしないとね」

「おかえり、奏輪《かなわ》」

「今日《きょう》は仕事早く終わったんだね、父さん」

「まぁな。奏輪《かなわ》もお手伝いご苦労様」

ねぎらいはしたものの、奏輪《かなわ》は父親との間に溝《みぞ》を感じていた。

奏輪《かなわ》の父親は生活が安定しづらい自営業《じえいぎょう》の輪太郎《りんたろう》に反発するように、ずっと企業勤《きぎょうづと》めをしている。反発する一方で、頑固《がんこ》な性格《せいかく》はよく似《に》ていて、父親は『カザハヤサイクル』を継《つ》ごうと思ったことは一度もない」と言うし、輪太郎《りんたろう》も父親に家業を継《つ》がせる気はないようだ。

両親は奏輪《かなわ》が『カザハヤサイクル』を手伝うことについては許《ゆる》してくれていたし、奏輪《かなわ》も自分が「大人《おとな》に認《みと》められている」ようで誇《ほこ》らしく感じていた。

だけど今は、悔《くや》しさばかりが募《つの》る。

輪太郎《りんたろう》に閉店《へいてん》の話を打ち明けられてから、『カザハヤサイクル』の手伝いをより一層《いっそう》がんばる奏輪《かなわ》を両親は応援《おうえん》してくれていた。

でもそれは「何をやっても、無理だ」と奏輪《かなわ》に納得《なっとく》させるためだったのだ。両親は、奏輪《かなわ》が苦境《くきょう》を打破《だは》して店が存続《そんぞく》する未来なんて、これっぽっちも考えていない。それが悔《くや》しかった。

「そういえば、チラシ配りの調子はどうだ。新しいお客さんは見つかりそうか」

「いや、まだ見つかってないよ。だからやりかたを変えようと思ってる」

奏輪《かなわ》は首を横に振《ふ》りながらも、精《せい》いっぱい明るい声で答えた。

「今日《きょう》、友達が教えてくれたんだ。チラシを配って自転車を売っても、赤字になる確率《かくりつ》が高いって」

奏輪《かなわ》が桜臣《はるおみ》から聞いた話を両親に説明すると、奏輪《かなわ》の父親は感心したようにうなずく。

「そのお友達は賢《かしこ》い子なんだな。『カザハヤサイクル』を立て直すのは、中学生のおまえには難《むずか》しいってわかっただろう」

「……難《むずか》しいかどうかはやってみないとわからないよ」

奏輪《かなわ》は、現実《げんじつ》を認《みと》めたくない思いから、語気を強めてそう言った。

スマホを取り出し、開設《かいせつ》したばかりのSNSのアカウントを父親に見せる。

『カザハヤサイクル』の宣伝《せんでん》アカウント――まだ、フォロー数もフォロワー数も0と表示《ひょうじ》されているが、奏輪《かなわ》にはそのアカウントが起死回生の一手に見えていた。

「次は、SNSで宣伝《せんでん》しようと思うんだ」

「へぇ、ツイスタを使うのか」

文字や画像《がぞう》、動画を投稿《とうこう》するSNS『ツイスタ』。

キッチンで夕食の支度《したく》をしていた奏輪《かなわ》の母親もそれを聞いて、会話に入ってくる。

「いいじゃない。お母さんも、ツイスタでいろいろチェックしたりするもの。これとか……」

そう言いながら、奏輪《かなわ》の母親はレシピを表示《ひょうじ》するために使っていたタブレット端末《たんまつ》を持ってきて、奏輪《かなわ》たちに見せた。焼きたてのパンが描《えが》かれたアイコンに、『パン工房《こうぼう》なみしま』と名付けられたアカウント。近所にあるパン工房《こうぼう》が、毎月の営業日《えいぎょうび》と定休日、季節の商品の情報《じょうほう》を投《とう》稿《こう》していて、店舗《てんぽ》に行かなくてもお店の情報《じょうほう》がわかるようになっている。

「このお店、毎週投稿《とうこう》してくれて助かるのよね」

そう言って、奏輪《かなわ》の母親は微笑《ほほえ》む。

奏輪《かなわ》もよく朝食にこの店の惣菜《そうざい》パンを食べるので、自然と親近感が湧《わ》いた。

「他にも、定番商品の美味《おい》しい食べかたが紹介《しょうかい》されていたり、実際《じっさい》にパンを食べたお客さんが商品のレビューを書《か》き込《こ》んだりしてるのか。なるほど、SNS活動でファンを作っているんだな」

奏輪《かなわ》の父親も感心したように言う。

「フォロワー六千人……。さすがだな。奏輪《かなわ》もうまくいけばこのお店みたいに、『カザハヤサイクル』の情報《じょうほう》を、自転車を必要としているひとたちに届《とど》けられるかもしれない。父さんの会社でもSNSを使った商品宣伝《せんでん》には力を入れ始めているし、やれるだけやってみるといいんじゃないか」

「もちろん！」

奏輪《かなわ》は身近な成功例を知り、光が見えてきた気がしていた。

「たくさんファンを作って、父さんや母さんにも『カザハヤサイクル』は続けなきゃって思ってもらえるような、そんなお店にしてみせるよ！」

拳《こぶし》をぎゅっと握《にぎ》って、宣言《せんげん》してみせる。

その日の夕食はハンバーグだった。焼けたお肉のジューシーな香りに、とろりと光沢《こうたく》のあるデミグラスソース。大好物の登場に、奏輪《かなわ》は、「宣伝《せんでん》がんばるぞ」と、ますますやる気をみなぎらせるのだった。

202X/06/03 Mon.

『カザハヤサイクル』のＳＮＳ開設《かいせつ》から三週間が経《た》ったある日。

奏輪《かなわ》はまたしても、頭を抱《かか》えていた。

（ぜんっぜん、伸《の》びない！）

昼休み。屋上に続く階段《かいだん》の踊《おど》り場《ば》に腰《こし》かけた奏輪《かなわ》は、本当なら校内での使用を禁止《きんし》されているスマホをこっそり確認《かくにん》しながら、ショックを受けていた。

それもそのはず。『カザハヤサイクル』の情報《じょうほう》をＳＮＳに投稿《とうこう》してもほとんど反応《はんのう》はなく、フォロワー数も、店の常連《じょうれん》の数人だけ。

今朝《けさ》は家を出る前に、『おはようございます。今日《きょう》もいい天気。サイクリング日和《びより》ですね。カザハヤサイクルは朝十時から夕方五時まで営業《えいぎょう》中です。　#朝の挨拶《あいさつ》』というメッセージと共に、撮《と》りだめておいた店の写真の中からお気に入りの一枚《いちまい》を投稿《とうこう》してみたが、「いいね」は常連《じょうれん》さんがつけてくれた二件《けん》のみ。拡散《かくさん》もされていなければ、フォロワーも増《ふ》えていない。

このままでは、あと二か月の間にお客さんを増《ふ》やすなんて夢《ゆめ》のまた夢《ゆめ》だ。

祈《いの》るような気持ちでスマホを指でなぞる。しかし、いくらページを読《よ》み込《こ》み直しても、投稿《とうこう》への「いいね」数は何の変化も見せない。

「はぁ。何がいけないんだろう？」

奏輪《かなわ》は『パン工房《こうぼう》なみしま』のツイスタ投稿《とうこう》を参考に、店の定休日を伝えたり、おすすめの自転車を紹介《しょうかい》したりしていた。内容《ないよう》を真似《まね》しているのに結果がまったく違《ちが》うのには、何か理由があるのだろうか。

『パン工房《こうぼう》なみしま』の過去《かこ》の投稿《とうこう》を読み返しながら考える。自分の投稿《とうこう》にもいつも写真を付けて、少しでも目に留《と》まりやすくなるようにしている。文章の後にはハッシュタグを付けて、フォロワー以外にも情報《じょうほう》が届《とど》くよう工夫《くふう》をした。

違《ちが》いはほとんど見当たらない、はずなのだが。

「まさか、自転車には人気がないってこと……？」

奏輪《かなわ》は思わず口に出たことに、ぶんぶんと首を横に振《ふ》る。

自転車を扱《あつか》ったSNS投稿《とうこう》で、バズっていたものを奏輪《かなわ》はいくつも見てきた。

決して自転車に魅力《みりょく》がないわけではない。投稿《とうこう》に対するリアクションが少ないのは、自分がSNSの使いかたに慣《な》れていないせいだ。そう、奏輪《かなわ》は思う。

「投稿内容《とうこうないよう》を真似《まね》るだけじゃ、駄目《だめ》なんだ」

三週間がんばってみた結論《けつろん》がこれだ。

奏輪《かなわ》は、情《なさ》けない気持ちと同時に焦《あせ》りを感じていた。

(『パン工房《こうぼう》なみしま』だって、時間をかけて今のファンを獲得《かくとく》したんだろうな。みんなそれぞれ、ファンを増《ふ》やすために試行錯誤《しこうさくご》を繰《く》り返《かえ》してるんだ……)

ようやく自分の甘《あま》さに気付いた奏輪《かなわ》だったが、時間は残されていなかった。

制服《せいふく》のポケットに、スマホをしまう。

奏輪《かなわ》は踊《おど》り場《ば》から足を踏《ふ》み出《だ》すと、急いで階段《かいだん》を駆《か》け下《お》りた。

ワックスがけされた校舎《こうしゃ》の床《ゆか》を、上履《うわば》きの音をキュッキュッと鳴らして進む。

奏輪《かなわ》が目指していたのは、二階にある図書室だ。

三週間前にSNSを使うアイディアをくれた同級生なら、今の状況《じょうきょう》を打破《だは》するためのヒントをくれるんじゃないか、そう思っての行動だった。

はやる気持ちを抑《おさ》えて、図書室のドアを静かに開ける。奏輪《かなわ》の予想通り、そこには中学生には難解《なんかい》な本を読みふけっている桐ヶ谷桜臣《きりがやはるおみ》の姿《すがた》があった。三週間前と同様になぜか立ったまま本を読んでいる。それが気になって、奏輪《かなわ》は本題を切り出す前に、つい疑問《ぎもん》をそのまま口にしてしまった。

「座《すわ》んないのか？」

そこでようやく奏輪《かなわ》の存在《そんざい》に気付いたのか、桜臣《はるおみ》が本から視線《しせん》を上げる。

「いちいち立ったり座《すわ》ったりしてると、移動《いどう》時間が無駄《むだ》だからな」

「へぇ。桐ヶ谷《きりがや》って変なところを気にするんだな」

「気にしないほうがおかしいだろう。一日は二十四時間しかないんだ。だらだら過《す》ごしていたらあっという間に日が暮《く》れるし、それを繰《く》り返《かえ》していたら何も成せないまま爺《じい》さんになるぞ」

「そ、そこまで考えてるのか……」

桜臣《はるおみ》のこだわりの強い性格《せいかく》に驚《おどろ》きながらも、奏輪《かなわ》はその言葉が身に染《し》みていた。

時間を無駄《むだ》にはできない。

奏輪《かなわ》は、図書室にいるひとたちの邪魔《じゃま》にならないよう小声で聞いた。

「なぁ、そんな桐ヶ谷《きりがや》に質問《しつもん》……というか、アドバイスをしてほしくて来たんだ。ＳＮＳで店の宣伝《せんでん》を始めたんだけど、全然効果《こうか》が出なくて……」

「またその話か。この間も言っただろう、『今回だけ』だと」

「おまえ以外に、こんな相談《そうだん》できる相手がいないんだ……だから頼《たの》むよ！」

必死に頼《たの》み込《こ》む奏輪《かなわ》。桜臣《はるおみ》はそんな奏輪《かなわ》の様子に眉《まゆ》をひそめる。

なぜなら、奏輪《かなわ》の声はだんだんボリュームが大きくなり、またしても静かな図書室内に響《ひび》いていたからだ。

周囲《しゅうい》の利用者からの視線《しせん》を浴びて、桜臣《はるおみ》は肩《かた》をすくめた。

「図書室では静かにしろ」

「ご、ごめん」

「まったく。おまえといると俺《おれ》まで肩身《かたみ》が狭《せま》くなる。……外に出るぞ」

諦《あきら》めたように本を棚《たな》に戻《もど》すと、桜臣《はるおみ》は図書室の入り口に向かう。

奏輪《かなわ》はぽかんとしていたが、桜臣《はるおみ》がＯＫを出してくれたことに気付くと、「ありがとな、桐ヶ《きりが》谷《や》」と小声で言って桜臣《はるおみ》の後を追った。


廊下《ろうか》を進む桜臣《はるおみ》。その半歩後ろから追いかける奏輪《かなわ》。

「昼休みだから、どこも人が多いな。校舎《こうしゃ》の端《はし》にある空き教室に行くぞ」

「うん、わかった」

校内での使用が禁止《きんし》されているスマホを、堂々《どうどう》と出すわけにはいかない。誰《だれ》にも見られず、相談できそうな場所を考えてくれたのだろう。

（なんだかんだ言って、意外と付き合いいいよな）

桜臣《はるおみ》の整った横顔を眺《なが》めながら、奏輪《かなわ》は思った。

普段《ふだん》はバリアを張《は》っているみたいに周りに人を寄《よ》せ付《つ》けない桜臣《はるおみ》だが、奏輪《かなわ》が悩《なや》みを打ち明けると渋々《しぶしぶ》ながらも相談に乗ってくれた。一度なら気まぐれかもしれないが、今日《きょう》も奏輪《かなわ》を気《き》遣《づか》って場所まで探《さが》してくれている。

（もしかして、桐ヶ谷《きりがや》って……ツンデレってやつ？）

そう思いながらじろじろと見ていると、桜臣《はるおみ》は奏輪《かなわ》に向かって、睨《にら》むような目線を向けた。

「俺《おれ》の顔に何か付いているのか」

「いや、別に？」

桜臣《はるおみ》の眼光《がんこう》の鋭《するど》さに、思わず奏輪《かなわ》は目を逸《そ》らした。

決して仲が良いとは言えないふたりだったが、桜臣《はるおみ》が誰《だれ》かと一緒《いっしょ》にいるなんて初めてだった。

そのことが意外だったのか、廊下《ろうか》ですれ違《ちが》ったクラスメイトたちが「風早《かざはや》、おまえ桐ヶ谷《きりがや》と仲良かったのか？」「奏輪《かなわ》くん、すご！　桐ヶ谷《きりがや》くんって教室だと誰《だれ》とも話さないのに！」と口々に話しかけてくる。

桜臣《はるおみ》はそんな声をことごとく無視《むし》して廊下《ろうか》を進んだ。

「桐ヶ谷《きりがや》、意外と良いやつなんだよ！」

『かかわりたくない』オーラを隠《かく》しもしない桜臣《はるおみ》の様子にヒヤヒヤしながら、奏輪《かなわ》がフォローの言葉を残してまわった。クラスメイトたちが気を悪くした様子はなかったので、少しだけほっとする。

人混《ひとご》みを抜《ぬ》けたところで、奏輪《かなわ》は桜臣《はるおみ》に問いただした。

「話しかけられてるのに、なんで無視《むし》して行っちゃうんだよ」

「俺《おれ》が誰《だれ》とどう接《せっ》しようと勝手だろう」

「いや、さすがに反応《はんのう》ぐらいしてやれよ」

「クラスメイトと仲良くして、何か良いことでもあるのか？」

「あるだろ、いろいろ」

そもそも、損得《そんとく》の話じゃない気がする。

桜臣《はるおみ》にそれをうまく説明できなくてモヤモヤしているうちに、空き教室にたどり着いてしまった。

桜臣《はるおみ》は教室を覗《のぞ》き、人がいないことを確認《かくにん》して入っていく。

(あぁもう、なんて愛想《あいそ》のないやつなんだ)

奏輪《かなわ》は桜臣《はるおみ》の頑《かたく》なな態度《たいど》にむっとしながらも、空き教室の奥《おく》まで歩みを進めた。

六月の、じっとり肌《はだ》にまとわりつく空気を吹《ふ》き飛《と》ばすように、窓《まど》からは涼《すず》しい風が流《なが》れ込《こ》む。

いつの間にか桜臣《はるおみ》が開けてくれたらしい。こういう優《やさ》しい一面もあるのに、なんでクラスメイトにはあんな態度《たいど》を取るのか、奏輪《かなわ》は不思議に思う。

桜臣《はるおみ》は窓辺《まどべ》に寄《よ》りかかって、問いかけた。

「で、俺《おれ》に何を聞きたいんだ」

桜臣《はるおみ》の言葉にハッとした奏輪《かなわ》は、スマホのロック画面を解除《かいじょ》して、『カザハヤサイクル』のツイスタアカウントを見せた。性格《せいかく》はさておき、桜臣《はるおみ》の知識《ちしき》やアイディアを頼《たよ》りたくてここまで来たのだ。

当初の目的を思い出した奏輪《かなわ》は、順を追って説明していく。

「店のアカウントを立ち上げたんだ。でも、全然反応《はんのう》がなくて。うまく宣伝《せんでん》する方法を、桐ヶ《きりが》谷《や》なら知ってると思ったんだ」

「貸《か》してみろ」

桜臣《はるおみ》は奏輪《かなわ》から手渡《てわた》されたスマホの画面をスクロールしていく。

顎《あご》に手を当てて、しばらく考えると、「こういったアカウントを運営《うんえい》するうえで、知っておくべきことがある」と前置きして、こう続けた。

「物の価値《かち》はコントロールできる、ということだ」

「………?」

言っている意味がわからず、きょとんとする奏輪《かなわ》。

桜臣《はるおみ》はスマホの画面を見せる。

「まずはわかりやすい情報《じょうほう》発信。『カザハヤサイクル』の所在地《しょざいち》や、お店の写真をアイコンにしたこと、毎日欠かさず投稿《とうこう》することは間違《まちが》っていない。SNS初心者にしては悪くない滑《すべ》り出《だ》しだ」

「近所のお店を参考にしたんだ。『パン工房《こうぼう》なみしま』のツイスタを見て、それを真似《まね》した」

「なるほどな。成功者の特徴《とくちょう》を研究して、実践《じっせん》する姿勢《しせい》は悪くない。だが、おまえの投稿《とうこう》からは『カザハヤサイクル』の価値《かち》が伝わってこない。平凡《へいぼん》で地味な、自転車屋の投稿《とうこう》だ」

それを聞いて、奏輪《かなわ》は語気を荒《あら》らげる。

「『カザハヤサイクル』に価値《かち》がないって言いたいのか？」

「〝伝わってこない〟と言っただけで、〝価値《かち》がない〟とは言っていない」

桜臣《はるおみ》は奏輪《かなわ》から聞いた『パン工房《こうぼう》なみしま』のアカウントを見せて説明する。

「自転車を売っているお店は、たくさんある。つまり、それは『カザハヤサイクル』だけの価《か》値《ち》じゃないってことだ。自転車を買うだけなら、最安値《さいやすね》を見比《みくら》べて買えるオンラインショップのほうが利用者のメリットは大きいし、魅力的《みりょくてき》に見えるだろう」

「たしかに……」

「逆《ぎゃく》に、多くのひとの注目を集めている『パン工房《こうぼう》なみしま』は、この店にしかできないオリジナリティのある投稿《とうこう》が多い」

そう言いながら桜臣《はるおみ》は創作《そうさく》パンを紹介《しょうかい》する投稿《とうこう》を拡大《かくだい》して見せる。『パン工房《こうぼう》なみしま』では、街なかにいる地域猫《ちいきねこ》をモチーフに、チョコレートで猫《ねこ》の顔を描《えが》いた創作《そうさく》パン――『猫《ねこ》パン』が有名だった。路地にいた猫《ねこ》と一緒《いっしょ》に撮《と》った猫《ねこ》パンの写真がバズっているのを見せながら、桜《はる》臣《おみ》は続けた。

「パンと違《ちが》って、自転車はどこで買っても違《ちが》いがない。メーカーから卸《おろ》した商品に、性能《せいのう》の差はないはずだ。そうだよな、自転車好き？」

奏輪《かなわ》は渋々《しぶしぶ》うなずきながら、桜臣《はるおみ》に言う。

「性能《せいのう》の差は、たしかにないよ。でも、うちに来るお客さんはみんな『カザハヤサイクル』はフレンドリーな接客《せっきゃく》をしてくれるって褒《ほ》めてくれるし、そこがうちの店の魅力《みりょく》だと思ってる」

「その魅力《みりょく》――お店のフレンドリーさがわかる内容《ないよう》を投稿《とうこう》したことはあるか？」

「それは……」

奏輪《かなわ》が投稿《とうこう》していたのは、お店の商品の紹介《しょうかい》や、営業《えいぎょう》時間を伝える内容《ないよう》。それ以外は、一度だけ店主の輪太郎《りんたろう》を紹介《しょうかい》する短い動画を投稿《とうこう》していたぐらいで、『カザハヤサイクル』の魅力《みりょく》や強みを伝えるような投稿《とうこう》にはなっていなかったのだと気付く。

むしろ、古めかしい内装《ないそう》や品揃《しなぞろ》えの少なさに、駅前のサイクルショップに比《くら》べて入りにくいお店だと感じさせていたかもしれない。奏輪《かなわ》は自分の投稿《とうこう》を振《ふ》り返《かえ》って、ひやりとした。

桜臣《はるおみ》は小さくため息をつく。

「SNSに限《かぎ》らず、宣伝《せんでん》では物の価値《かち》を高く見せる必要があるんだ。嘘《うそ》をつけと言ってるわけじゃない。本来あるその商品の価値《かち》――つまり魅力《みりょく》を、より強くアピールするんだ」

「ジュースのCMで、美味《おい》しそうに飲むシーンをやたら流す……みたいな？」

「そうだな。たとえば、有名人がとある商品を『流行《はや》ってますよ』と宣伝《せんでん》すると、その商品は飛ぶように売れる。ひと昔前はテレビや雑誌《ざっし》、身近な人からの口コミが主流だったが、今はSNSで影響力《えいきょうりょく》のあるインフルエンサーの発信がブームのきっかけになることが多い」

それを聞いて、奏輪《かなわ》も納得《なっとく》がいった。

『パン工房《こうぼう》なみしま』も、オープン当時はどこにでもあるような小さな町のパン屋で、客も地元民だけだった。だがツイスタでの地道な活動が実を結び、インフルエンサーや著名人《ちょめいじん》が来店するようになると、彼《かれ》らの投稿《とうこう》を見たひとが遠方から足を運ぶようになって……今や連日行列ができる人気店に成長したのだ。

もちろん、パンが美味《おい》しかったことが人気の理由だが、ツイスタを駆使《くし》しなければ、その魅《み》力《りょく》に気付いてもらうことすら難《むずか》しかっただろう。

「それが、価値《かち》をコントロールするってことでいいのか？」

「ああ」

桜臣《はるおみ》が相槌《あいづち》を打つと、奏輪《かなわ》は「いいことを考えた」と言わんばかりに、目を輝《かがや》かせる。

「なぁなぁ、インフルエンサーのひとってさ、『案件《あんけん》』だっけ？　そういうので、商品やお店の宣伝《せんでん》をすることもあるよな。『カザハヤサイクル』もインフルエンサーに宣伝《せんでん》を頼《たの》めば、『パン工房《こうぼう》なみしま』みたいな人気店になるんじゃ――」

「違《ちが》う」

「え？」

桜臣《はるおみ》にピシャリと否定《ひてい》されて、奏輪《かなわ》は握《にぎ》った拳《こぶし》をほどく。

「たしかに、インフルエンサーたちは企業《きぎょう》から依頼《いらい》を受けて、商品の宣伝《せんでん》をすることがある。『#ＰＲ』とついた投稿《とうこう》がそれだな。チラシと比《くら》べたら効果《こうか》は段違《だんちが》いかもしれないが……その分、金がかかるんだぞ。予算がかけられない以上は、有名人に『この店が好きだから、紹介《しょうかい》したい』と自分から言ってもらえるような『カザハヤサイクル』だけの価値《かち》を磨《みが》いて、そのひとたちのもとまで届《とど》けないといけないんだ」

「……………」

言葉を失う奏輪《かなわ》。桜臣《はるおみ》は「もういいだろう」と言うと、奏輪《かなわ》にスマホを返してドアのほうへと向かう。

「本当に価値《かち》がある店なら、伝えかたさえ工夫《くふう》すれば必ずファンができる。たったひとつの投《とう》稿《こう》がバズって一躍脚光《いちやくきゃっこう》を浴びるような出来事も、ＳＮＳでは毎日のように起きている。だが、価値《かち》がなければどれだけ投稿《とうこう》しても意味がない」

「なんでそんなこと言うんだよ……。おれもじいちゃんも、店のためにがんばってるのに！」

「あのな、がんばっているのはおまえだけじゃない。世界中のひとが、自分自身や、自分がつくりだしたものの価値《かち》を磨《みが》いて、その価値《かち》を伝えるための努力をしているんだ。もしおまえが『カザハヤサイクル』に価値《かち》があると思うなら、その良さをちゃんと見極めるんだな」

そう言うと、桜臣《はるおみ》は空き教室を後にした。

残された奏輪《かなわ》は、慣《な》れ親《した》しんだ『カザハヤサイクル』に思いを馳《は》せながら、その場で立《た》ち尽《つ》くしていた。

放課後、奏輪《かなわ》は桜臣《はるおみ》の言葉を心の中で繰《く》り返《かえ》していた。

『カザハヤサイクル』の価値《かち》とは、地域《ちいき》のひとたちが安心できるフレンドリーなお店だということ。それをどうやったらSNSを見ているひとに伝えることができるのか。

「やっぱりインフルエンサーのひとに頼《たの》むのは、難《むずか》しいよなぁ」

来客が途絶《とだ》えて暇《ひま》になっている間に、スマホで調べてみる。

『インフルエンサー　宣伝《せんでん》』と検索窓《けんさくまど》に打《う》ち込《こ》むと、宣伝《せんでん》を依頼《いらい》するためのサイトがいくつも現《あらわ》れる。

（PV《ピーブイ》数？　SEO《エスイーオー》？　何だこれ？）

専門《せんもん》用語に混乱《こんらん》しながらも、奏輪《かなわ》はインフルエンサーへの依頼《いらい》フォームを見つける。

「あっ、やっと見つけた……って、ええっ？」

サイトに書いてあったのは、『料金相場はフォロワー単価《たんか》2円～』という一文だった。

「フォロワーひとりにつき、二円ってことは、つまり……」

奏輪《かなわ》は暗算する。

「百人だと二百円、一万人だと二万円、十万人だと二十万。百万人で……に、二百万円⁉」

途方《とほう》もない数字に圧倒《あっとう》されて、奏輪《かなわ》はそっとスマホをしまった。

桜臣《はるおみ》の言う通りだった。インフルエンサーへの依頼《いらい》には、莫大《ばくだい》なお金がかかる。

だが、そんなお金がないほど売り上げが厳《きび》しいから、宣伝《せんでん》をしたいのだ。

奏輪《かなわ》が大きくうなだれると、ふいに『カザハヤサイクル』の軒先《のきさき》から呼《よ》びかけられた。

「どうしたの、奏輪《かなわ》ちゃん。お疲《つか》れかしら」

「夏樹《なつき》のおばちゃん？」

ひと月前に接客《せっきゃく》をした老婦人《ろうふじん》が来店したことに驚《おどろ》き、「修理《しゅうり》に何か問題があった？」とおそるおそる質問《しつもん》する。夏樹《なつき》はそんな奏輪《かなわ》に、あらやだと苦笑《くしょう》する。

「買い物帰りに通りかかっただけよ。自転車の調子がいいから、ちょっと遠くのお店まで行ってお菓子《かし》を買ってきたの。はい、お土産《みやげ》」

夏樹《なつき》はそう言いながら、腕《うで》にかけたエコバッグからクッキーの箱を取り出す。

「いいの⁉　おれクッキー好きなんだ！　ありがとね、夏樹《なつき》のおばちゃん！」

「こちらこそ。いつもお世話になってるんだから」

クッキー箱を受け取りながら、軽く頭を下げる。

こうした常連客《じょうれんきゃく》とのやり取りは、長年、地域《ちいき》に密着《みっちゃく》して店を開いてきた『カザハヤサイクル』ではよくある出来事だった。奏輪《かなわ》はそのことに思《おも》い至《いた》って、夏樹《なつき》に聞いた。

「そうだ。ちょっと聞きたいんだけど、『カザハヤサイクル』の魅力《みりょく》って何だと思う?」

「魅力《みりょく》……?」

夏樹《なつき》は突然《とつぜん》の質問《しつもん》にきょとんとする。しかし、すぐに穏《おだ》やかな笑《え》みを浮《う》かべて答えた。

「そうねぇ。『カザハヤサイクル』の一番の魅力《みりょく》は、奏輪《かなわ》ちゃんかしらね」

「おれ?」

「そうよ。もちろん、輪太郎《りんたろう》さんの丁寧《ていねい》な仕事もこのお店の魅力《みりょく》だけど。奏輪《かなわ》ちゃんがいつも元気いっぱいに接客《せっきゃく》してくれるのが嬉《うれ》しくて、常連《じょうれん》のみんなはますますこのお店のファンになったのよ」

「そ、そうだったんだ」

思いもよらない答えに、奏輪《かなわ》はつい照れくさくなって頭を掻《か》く。

夏樹《なつき》はそんな奏輪《かなわ》の肩《かた》に優《やさ》しく手を添《そ》えて、活を入れる。

「だから、自信をもっていいのよ。奏輪《かなわ》ちゃんはみんなのアイドルなんだから」

「……うん。ありがとう、夏樹《なつき》のおばちゃん!」

常連客《じょうれんきゃく》からの心のこもった言葉が素直《すなお》に嬉《うれ》しくて、気付けば奏輪《かなわ》は元気を取《と》り戻《もど》していた。

夏樹《なつき》もその様子に安心したように「じゃあ、また今度ね。奏輪《かなわ》ちゃん」と言うと、軒先《のきさき》に停《と》めてあったママチャリに乗って去っていった。

夏樹《なつき》の後《うし》ろ姿《すがた》に手を振《ふ》りながらも考える。

昼休みに桜臣《はるおみ》から言われた言葉が、奏輪《かなわ》はずっと心に引っかかっていた。

『有名人に「この店が好きだから、紹介《しょうかい》したい」と思ってもらえるような「カザハヤサイクル」だけの価値《かち》を磨《みが》いて――』

桜臣《はるおみ》の言葉と、夏樹《なつき》の言葉。

それぞれが混《ま》ざり合い、奏輪《かなわ》のなかにひとつの答えが浮《う》かぶ。

「おれが、『カザハヤサイクル』の価値《かち》になればいいのか……？」

他に客が来ないのを確認《かくにん》すると、居《い》ても立ってもいられず、奏輪《かなわ》は再《ふたた》びスマホを取り出した。

駅前のサイクルショップやオンラインショップにはできないこと。やる必要のないこと。

だけど、『カザハヤサイクル』にとって大きな価値《かち》。

これを多くのひとに届《とど》ける方法――答えを探《さが》すために、検索《けんさく》ワードを並《なら》べて情報《じょうほう》を集める。

探《さが》したのは、アイドルのツイスタアカウント。

テレビで見たことのあるアイドルのアカウントには、万単位のフォロワーがついている。人によっては、十万人、百万人のフォロワーがついているひとも少なくない。それは当然、奏輪《かなわ》の肌感覚《はだ》でもわかっていた。

奏輪《かなわ》が調べたかったのは、そういった全国区のアイドルではなく、地域密着型《ちいきみっちゃくがた》のアイドルだ。

「……いた」

フォロワー数一万人超《ご》えのご当地アイドル。

フォロワーが万を超《こ》えれば、これはインフルエンサーと呼《よ》んでも差《さ》し支《つか》えない存在《そんざい》だろう。

しかも、ひとりではなく何人もそういったアイドルがいる。

「待てよ、このリンク……」

アイドルのツイスタアカウントに紐付《ひもづ》いたリンクをタップすると、動画投稿《とうこう》サイト『マイチューブ』のチャンネル登録に進む。

「そうか。アイドルはライブ告知《こくち》をツイスタでやって、動画配信はマイチューブでやるんだ……」

奏輪《かなわ》はアイドルたちがSNSをうまく使い分けて、自分の魅力《みりょく》をさまざまな角度で発信していることに感心する。

商品を販売《はんばい》するショップが宣伝《せんでん》に使うSNSはツイスタが一般的《いっぱんてき》だ。そんな中で、定期的に動画投稿《とうこう》サイトでの配信もおこなうショップがあったなら、『カザハヤサイクル』ならではの魅《み》力《りょく》になるかもしれない。それに『カザハヤサイクル』の売りであるフレンドリーな接客《せっきゃく》を見せるのにもうってつけだと、奏輪《かなわ》は思った。

さっそく、奏輪《かなわ》はマイチューブのアカウントを作成する。

最初に何を投稿《とうこう》するかは、自然と決まっていた。

202X/06/17 Mon.

六月半ばの、じめじめとした雨模様《あめもよう》の日。

放課後に奏輪《かなわ》が『カザハヤサイクル』を手伝うために荷物をまとめ、下駄箱《げたばこ》に向かうと、そこには見慣《みな》れた姿《すがた》があった。桜臣《はるおみ》である。

「桐ケ谷《きりがや》も帰るところだったんだな。今日《きょう》は図書室じゃないのか？」

「別に、毎日行くわけじゃない」

普段《ふだん》は誰《だれ》から話しかけられても無愛想《ぶあいそう》な桜臣《はるおみ》も、奏輪《かなわ》とは最低限《さいていげん》の言葉を交《か》わすようになっていた。桜臣《はるおみ》が傘立《かさた》てからビニール傘《がさ》を一本取り出して帰ろうとすると、奏輪《かなわ》も持参した折《お》り畳《たた》み傘《がさ》を広げながら言った。

「朝から雨だったから、おれも今日《きょう》は歩いてきたんだ。途中《とちゅう》まで一緒《いっしょ》に帰ろうぜ。……で、そのついでに店の新しいＳＮＳに意見をくれない？」

「またか」

「この前、桐ヶ谷《きりがや》にアドバイスもらってからマイチューブにも動画を投稿《とうこう》し始めたんだけど、思うように再生数《さいせいすう》が伸《の》びなくて」

桜臣《はるおみ》にさえぎる間を与《あた》えないように、奏輪《かなわ》は先手を打ってスマホを取り出す。

「これなんだけど」

「まだ見るとは言ってない」

「いいじゃん、帰りながらアドバイスをもらうんだから、時間は無駄《むだ》にしてないだろ」

「そういう問題じゃなくてだな……」

「あっ、歩きスマホは危《あぶ》ないか。じゃあさ、今ここで動画を見てもらって、感想は歩きながら教えてよ」

「…………」

奏輪《かなわ》の強引《ごういん》な提案《ていあん》に、何を言っても無駄《むだ》だと諦《あきら》めた桜臣《はるおみ》は、渋々《しぶしぶ》スマホを受け取る。

じっとりした空気の中で、桜臣《はるおみ》は『カザハヤチャンネル』を確認《かくにん》した。

チャンネルを開設《かいせつ》してから二週間。桜臣《はるおみ》のアドバイスがきっかけで生まれたその動画チャンネルには、いくつかの動画が上がっている。しかし、そのどれもが【歌ってみた】【踊《おど》ってみた】とタイトルが付いていて、およそ自転車店の宣伝《せんでん》目的とは思えないようなものばかりだ。

「何だ、これは」

桜臣《はるおみ》が怪訝《けげん》に思いながら『カザハヤサイクル』の店内写真が使われたサムネイルをタップすると、そこに現《あらわ》れたのは夜、店じまいをしたあとの誰《だれ》もいない店内で上機嫌《じょうきげん》に歌を歌い、ダンスを踊《おど》る奏輪《かなわ》の姿《すがた》。奏輪《かなわ》の運動神経《しんけい》の良さや歌のうまさは桜臣《はるおみ》にも感じ取れたが、あくまでクラスの中では上手《じょうず》なほうだと感じる程度《ていど》のレベルだ。

動画のラストで、歌い終えた奏輪《かなわ》がカメラに向かって一言。

『おれは風早奏輪《かざはやかなわ》。「カザハヤサイクル」を盛《も》り上《あ》げるために生まれたアイドル、チャリドルです！』

「チャリ……、ドル……？」

桜臣《はるおみ》は、目の前で展開《てんかい》される動画の意味が理解《りかい》できなかった。

家業の集客のために動画配信をするのは理解《りかい》できる。それがなぜ、アイドルに結びつくのか。

奏輪《かなわ》の突飛《とっぴ》な発想に、言葉を失う。

「…………」

桜臣《はるおみ》は奏輪《かなわ》にそっとスマホを返すと、傘《かさ》を開き、黙《だま》って歩き始めた。

「お、おい！」

去っていく桜臣《はるおみ》を、奏輪《かなわ》が慌《あわ》てて追いかける。

丘《おか》の上にある波島《なみしま》中学校から伸《の》びる下り坂を、ふたりはしばらく黙《だま》って歩いた。

沈黙《ちんもく》を破《やぶ》ったのは、奏輪《かなわ》だ。

「感想を教えてくれよ！　どうだった？」

コメントを求めた奏輪《かなわ》に、桜臣《はるおみ》は神妙《しんみょう》な面持《おもも》ちで告《つ》げた。

「何だあれは」

「えっ」

「行動力は認《みと》めるが、努力の方向がずれている」

「ええっ⁉」

褒《ほ》めてもらえると思っていた奏輪《かなわ》は、思わず足を止めて驚《おどろ》く。

そのリアクションを見て、「超《ちょう》ド級《きゅう》のバカだな」と奏輪《かなわ》を振《ふ》り返《かえ》る桜臣《はるおみ》。

「炎上《えんじょう》目的なのかとヒヤヒヤしたが……売り物を傷《きず》つけるような動画ではないし、おそらく店主の許可《きょか》もとって撮影《さつえい》しているんだろう？」

「そりゃそうだよ！」

店の魅力《みりょく》を伝えたいのに、炎上《えんじょう》するような内容《ないよう》の動画をつくるわけがないだろ、と奏輪《かなわ》は大まじめにうなずく。

「その点は評価《ひょうか》する。ただ……おまえ、この動画で、本気で『カザハヤサイクル』に新しい客が来ると思ったのか？」

「思ったよ。常連《じょうれん》さんに聞いたら、『カザハヤサイクル』の魅力《みりょく》はおれなんだって言われたから」

「常連《じょうれん》が？」

「うん。おれは『カザハヤサイクル』のアイドルなんだって、夏樹《なつき》のおばちゃんとか、他にもいろんな常連《じょうれん》さんが言ってくれたんだ」

「なるほど、そういうことか」

それを聞いて、桜臣《はるおみ》は先ほど見た動画が三十回ほど再生《さいせい》されていたのを思い出す。

まったく反響《はんきょう》がなかったわけではなく、少ないながらもちゃんと奏輪《かなわ》の動画は見られていた。

小学生のとき、桜臣《はるおみ》は波島《なみしま》よりもずっと都会の街で暮《く》らしていた。通っていた小学校では動画投稿《とうこう》が流行《はや》っていて、高学年の児童の間では投稿《とうこう》を競い合っているグループもあったくらいだ。だが投稿数《とうこうすう》だけを意識《いしき》するあまり、内容《ないよう》はどんどんお粗末《そまつ》なものになっていき、再生数《さいせいすう》は一桁《けた》なんてものもザラだった。

それに比《くら》べたら、奏輪《かなわ》の動画は少ないながらも安定した再生数《さいせいすう》をキープしている。目の前のお客さんの口コミを素直《すなお》に聞いて、それを動画に反映《はんえい》した結果がチャリドルなのかもしれない。そう、桜臣《はるおみ》は考えた。

「少し興味《きょうみ》が湧《わ》いた。撮影《さつえい》の様子を見せてもらうことはできるか」

「え、あ、うん。今からでも全然ウェルカムだよ！」

予想外の桜臣《はるおみ》の返事に、奏輪《かなわ》は一瞬反応《いっしゅんはんのう》が遅《おく》れながらも快諾《かいだく》した。

学校から徒歩十五分。波島《なみしま》中学校が立つ丘《おか》のふもと、波島《なみしま》商店街の中に『カザハヤサイクル』はある。奏輪《かなわ》は傘《かさ》を閉《と》じると、桜臣《はるおみ》を先導《せんどう》するように商店街のアーケード下を歩く。

古めかしい雰囲気《ふんいき》の商店街には、昔ながらの店からＳＮＳ映《ば》えしそうなおしゃれな店まで、バラエティ豊《ゆた》かな店が揃《そろ》っていた。

「思ったより活気があるな」

感心したように、桜臣《はるおみ》は言った。

普段《ふだん》、時間を無駄《むだ》にしないように英会話の音声を聞きながら帰っていた桜臣《はるおみ》は、集中していて今まで気付かなかったが、波島《なみしま》は地方都市のわりには賑《にぎ》わっていると感じた。

（……たしかこのあたりは昔、船の中継地《ちゅうけいち》としていろんな文化が持《も》ち込《こ》まれたんだったな。新しい人や文化を盛《さか》んに取り入れてきたことが、今の活気にもつながっているのか）

桜臣《はるおみ》は、図書室にあった本で波島《なみしま》の歴史《れきし》を学んだことを思い出す。

（だからといって、チャリドルなんて発想は普通《ふつう》出てこないけどな）

奏輪《かなわ》の行動力は、土地柄《とちがら》というより、こいつ自身の性格《せいかく》によるところが大きいのかもしれない――と桜臣《はるおみ》が眉間《みけん》にしわを寄《よ》せていることに気付くこともなく、奏輪《かなわ》は鮮魚店《せんぎょてん》の軒先《のきさき》にいた男性《だんせい》に声をかけた。

「村上《むらかみ》のおっちゃん。自転車の調子はどう？」

「ああ。輪太郎《りんたろう》さんに修理《しゅうり》してもらったおかげでばっちりだ！」

「ならよかった。この前みたいに配達中に壊《こわ》れたら大変だもんね」

学校で見せるのとは違《ちが》う、大人《おとな》びた一面を見せる奏輪《かなわ》に、桜臣《はるおみ》は目を見開く。

「なんだよ桐ヶ谷《きりがや》。そんな驚《おどろ》いた顔して。……あ、こっちは村上鮮魚店《むらかみせんぎょてん》の大将《たいしょう》。波島《なみしま》じゅうのいろんな料亭《りょうてい》に魚を卸《おろ》してるんだ。うまい魚が食べたいなら、この店で買えば間違《まちが》いないよ」

「……自分の店以外のことも、詳《くわ》しいんだな」

「別に普通《ふつう》だよ。商店街の人とは『カザハヤサイクル』の手伝いでよく関わるし」

珍《めずら》しく桜臣《はるおみ》が感心しているのに、あっけらかんと答える奏輪《かなわ》。

隣《となり》で聞いていた店主の村上《むらかみ》は、奏輪《かなわ》のクラスメイトに興味津々《きょうみしんしん》な様子で目をやった。

「この子、奏輪《かなわ》の友達か？」

「うん。桐ヶ谷桜臣《きりがやはるおみ》。この町に引《ひ》っ越《こ》してきたばかりなんだけど、すごく物知りでさ。こいつがおれに動画投稿《とうこう》のこととか教えてくれたんだよ」

「今どきだなぁ。俺《おれ》は動画は詳《くわ》しくないけど、見てて楽しかったぞ」

そう言って、ポケットからスマホを引《ひ》っ張《ぱ》り出《だ》してマイチューブのサイトを奏輪《かなわ》に見せる。

「ちゃんと『カザハヤチャンネル』もお気に入りに登録しといたからな！」

「ありがとう、おっちゃん！」

村上《むらかみ》と別れた後も、奏輪《かなわ》は商店街のひとと会うたびに軽い雑談《ざつだん》を繰《く》り広《ひろ》げる。ことあるごとに自分を紹介《しょうかい》する様子に桜臣《はるおみ》はうんざりしながらも、この顔の広さが動画の再生数《さいせいすう》の原動力になっていることを深く思い知った。

たった三十再生《さいせい》、されど三十再生《さいせい》。

数字の裏《うら》には、ちゃんとひとりひとりの姿《すがた》がある。

動画の方向性《ほうこうせい》には驚《おどろ》かされたが、奏輪《かなわ》の取り組みは好意的に受け止められているようだ。

特に桜臣《はるおみ》が感心したのは、奏輪《かなわ》が相手の意見に耳を傾《かたむ》け、まっすぐ受け止めようとする姿勢《しせい》だった。

写真館の前で店主が奏輪《かなわ》を見つけ、動画の感想を述《の》べたときのことだ。店主は奏輪《かなわ》の動画の画面が暗かったので、「撮影《さつえい》はもっと明るいところでやったほうがいいんじゃないか」と言ってきた。そんな意見にも、奏輪《かなわ》は嫌《いや》な顔ひとつせず「ありがとう、次からはそうしてみるよ！」と笑顔《えがお》で答えたのだ。

自分のやっていることに意見されると、誰《だれ》しもあまり良い気がしないものだ。そういう意見の中には的外れなものも少なくない。しかし、自分を応援《おうえん》してくれる視聴者《しちょうしゃ》の声を受け止め、必要だと感じればちゃんと反映《はんえい》していくのも、動画を良くする方法のひとつだ。

アドバイスに耳を貸《か》すその素直《すなお》さや、それをすぐに実践《じっせん》する行動力、そして周囲《しゅうい》から応援《おうえん》される愛嬌《あいきょう》。それらが奏輪《かなわ》の強みなのかもしれないと、桜臣《はるおみ》は思う。

（……結果につながるかどうかは、まだわからないが）

学校外での奏輪《かなわ》の良さが、桜臣《はるおみ》にもわかりかけてきた頃《ころ》。

奏輪《かなわ》は「着いたよ」と言って少し遠くを指さした。

商店街のアーケードの端《はし》にたたずむ二階建ての建物は、一階の前面が店舗《てんぽ》になっていた。開け放たれたガラス戸の上に掲《かか》げられた看板《かんばん》には色あせた文字で『カザハヤサイクル』とある。

「ただいま、じいちゃん」

「おかえり、奏輪《かなわ》」

輪太郎《りんたろう》は奏輪《かなわ》を出迎《でむか》えながら、隣《となり》に並《なら》んだ桜臣《はるおみ》のほうをチラリと見た。

桜臣《はるおみ》がペコリと頭を下げるのを一瞥《いちべつ》すると、輪太郎《りんたろう》は「後は任《まか》せるぞ」と言って、店の奥《おく》に消えてしまった。

「ごめん、じいちゃんわりと不器用な性格《せいかく》でさ。おれと交代で休憩《きゅうけい》に入っただけだから気にしないで」

「たしかに職人気質《しょくにんかたぎ》って感じだな」

「おれも着替《きが》えてくるから、そこ座《すわ》って待っててくれる？」

桜臣《はるおみ》は促《うなが》されるまま、土間に置かれたパイプ椅子《いす》に座《すわ》った。

店内を見まわすと、コンクリートの床《ゆか》に新品の自転車がいくつも置かれていた。海外メーカーの高級自転車が、手頃《てごろ》な価格《かかく》の自転車と一緒《いっしょ》に並《なら》んでいることに驚《おどろ》く。これでは高級自転車が安っぽく見えてしまうと意見したくもなったが、肝心《かんじん》の奏輪《かなわ》がいないので無言で待つ。

「お待たせ」

しばらくして、奥《おく》の部屋から奏輪《かなわ》が現《あらわ》れた。制服《せいふく》からジャージに着替《きが》え、『カザハヤサイクル』とロゴが入ったエプロンを前掛《まえか》けにしている。手にはタイヤやオイルの色が移《うつ》って少し黒ずんだ、白の軍手。

そういえば動画でもこの格好《かっこう》だったが、これが店での仕事着なのかと、桜臣《はるおみ》はまじまじと見つめる。

「お客さんもいないし、店のものは自由に見てよ。あ、動画は店を閉《し》めたあとに、このあたりにスマホ立てて撮《と》ったんだけどさ……」

そう語りかけるが、桜臣《はるおみ》は首を横に振《ふ》って断《ことわ》る。

「いや。商店街でのおまえの姿《すがた》を見て、知りたいことはだいたいわかった。もう一度、さっきの動画を見せてくれるか？」

桜臣《はるおみ》の言葉に、奏輪《かなわ》は首をかしげながらも素直《すなお》にスマホを差し出した。

奏輪《かなわ》がチャリドルとして歌った動画を見ながら、桜臣《はるおみ》は考える。

まず、奏輪《かなわ》のアイドルとしてのポテンシャル。背格好《せかっこう》や持ち前の明るさから来る華《はな》やかな雰囲気《ふんいき》、愛嬌《あいきょう》のある笑顔《えがお》は、アイドルを志《こころざ》す人物として悪くはない。歌やダンスも抜群《ばつぐん》に上手《じょうず》とまでは言えないが、下手《へた》というほどではない。練習を重ねれば上達するだろうし、奏輪《かなわ》の素直《すなお》で前向きな性格《せいかく》でカバーすれば、さほど問題にはならないだろう。

気がかりなのは、投稿《とうこう》された動画全体の完成度の低さだ。

スマホカメラの基本機能《きほんきのう》で、人物の顔は少し明るく補正《ほせい》され、音声も聞き取りやすい形で収録《しゅうろく》されている。しかし、編集《へんしゅう》なしの一発撮《ど》りをアップロードしているので、ずっと同じアングルだし、途中《とちゅう》で画面から見切れてもそのままで、いかにも「素人《しろうと》が作りました」といった動画になっている。

素人《しろうと》っぽさを売りにするのもSNSでのひとつの戦略《せんりゃく》だが、無編集《むへんしゅう》の動画は間延《まの》びしすぎていて、奏輪《かなわ》を知らない第三者に最後まで見てもらうのは難《むずか》しいだろう。他にも、撮影《さつえい》場所が整理整頓《せいりせいとん》されていないことや、衣装《いしょう》がジャージであることなど問題は山積みだ。

方向性《ほうこうせい》はあながち間違《まちが》っていないのかもしれないと思ったが、動画のクオリティが圧倒的《あっとうてき》に足りていない。それが桜臣《はるおみ》の見解《けんかい》だった。

「さっきは『この動画で新しい客が来ると思ったのか？』と言ったが、前言撤回《てっかい》する」

動画の中の奏輪《かなわ》が一曲歌い終わった頃《ころ》、桜臣《はるおみ》は口を開いた。

「チャリドルが『カザハヤサイクル』の集客につながる可能性《かのうせい》は、充分《じゅうぶん》にある」

桜臣《はるおみ》は頭の中で考えを整理しながら、淡々《たんたん》と言葉を紡《つむ》ぐ。そんな桜臣《はるおみ》とは対照的に、奏輪《かなわ》は嬉《うれ》しそうに飛《と》び跳《は》ねる。

「まじ!? 桐ケ谷《きりがや》にそう言ってもらえるとすげー嬉《うれ》しい……！ でも、なんで急に褒《ほ》めだしたんだ？ 動画を繰《く》り返《かえ》し見てるうちに良さがわかってきたのか!?」

「そういう意味じゃない」

奏輪《かなわ》の能天気《のうてんき》さに、桜臣《はるおみ》がツッコミを入れる。

「おまえの商店街での意外な一面を見て、考えが変わったんだ。常連客《じょうれんきゃく》が言っていた通り——風早奏輪《かざはやかなわ》、おまえはみんなのアイドルだ」

「う、うん……？」

「そしてこの店に風早奏輪《かざはやかなわ》がいるとアピールすることこそが、『カザハヤサイクル』の価値《かち》を伝えることにつながる。つまり、おまえが主役の動画を投稿《とうこう》すること自体は間違《まちが》っていない」

「じゃあ、おれがこの活動を続けていけば、店もきっと……」

「いや、このままじゃ駄目《だめ》だ。今投稿《とうこう》している動画にはいくつもの『伸《の》びない理由』があるからな」

桜臣《はるおみ》は通学かばんからノートを取り出すと、改善《かいぜん》すべき点をひとつずつ書き出していく。

ひとつ。衣装《いしょう》と髪型《かみがた》を整えて、よりアイドルらしい身だしなみにすること。

ひとつ。動画内容《ないよう》を、自転車とアイドルがより密接《みっせつ》につながったものにすること。

ひとつ。動画を編集《へんしゅう》し、動画そのもののクオリティを上げること。

「とにかく動画が注目されれば、それだけ店の売り上げが増《ふ》えるってことだよな？」

「そうだな」

奏輪《かなわ》はうなずく桜臣《はるおみ》を見てから、もう一度ノートに視線《しせん》を落とし、やがて決心したように顔を上げる。

「だったらおれ、全部がんばるよ！　ただ……動画編集《へんしゅう》はやったことないから、今からやりかたを勉強したとして、店を閉《し》める日までに何本アップできるか……」

残された日数を必死に計算している奏輪《かなわ》を、桜臣《はるおみ》が片手《かたて》で制《せい》す。

「仕方ない。しばらくは俺《おれ》が手伝ってやる」

「いいの？」

「ああ。俺《おれ》が口だけのやつだと思われるのも心外だし、何より、俺《おれ》は俺《おれ》の意見が正しいと証明《しょうめい》したい」

自信たっぷりに桜臣《はるおみ》は言う。

「代わりに、俺《おれ》がどんなに厳《きび》しいことを言っても、店を人気にするための助言だと思って素直《すなお》に受け止めろ。それが交換条件《こうかんじょうけん》だ」

「交換条件《こうかんじょうけん》か……」

交換条件《こうかんじょうけん》と言われて一瞬《いっしゅん》奏輪《かなわ》は身構《みがま》えたが、桜臣《はるおみ》の条件《じょうけん》は、今まで独学《どくがく》でセルフプロデュースしていた奏輪《かなわ》にとってありがたい内容《ないよう》だった。

「わかった。桐ヶ谷《きりがや》のアドバイスはどんなときでもしっかり受け取めるよ」

桜臣《はるおみ》の要求にうなずくと、さっそく質問《しつもん》する。

「で、まずは何から始めたらいいかな？」

「そうだな。自転車とアイドル、両方の良さを伝えるには……。こういう企画《きかく》はどうだ」

ノートに『イケメン配達』と書《か》き込《こ》む桜臣《はるおみ》。見慣《みな》れない文字列に、奏輪《かなわ》は怪訝《けげん》な顔をする。

「イケメン配達……？」

「ああ。やることは簡単《かんたん》だ。自転車に乗って行ける範囲《はんい》でボランティアをする。商店街や近所に暮《く》らしているひとたちに、手伝ってほしいことはないか聞いてまわるんだ」

「手伝ってほしいこと……？」

本当にそれでいいのか、と疑問《ぎもん》に思った奏輪《かなわ》に、桜臣《はるおみ》はすかさず付け加える。

「内容《ないよう》は何でもいいが、自転車を使ったものが好ましい。だから『配達』なんだ。ちょっとしたお使いとか、自転車で運べるサイズの荷物の運搬《うんぱん》とか――とにかく、自転車を使ってできそうな手伝いを無料でやるんだ。その様子を俺《おれ》が撮影《さつえい》して、動画にしていく」

それは、奏輪《かなわ》が商店街の住人たちと気さくに話している様子を見てひらめいた企画《きかく》だった。

本人は気付いていないようだが、「その後、自転車は大丈夫《だいじょうぶ》か」と聞いてまわっていた奏輪《かなわ》の行動は、言うなれば『カザハヤサイクル』独自《どくじ》の、無料のアフターサービスだ。

地元密着《みっちゃく》だからこそできる、手厚《てあつ》いサービス。その範囲《はんい》を拡大《かくだい》すれば、それは『宣伝《せんでん》』になる。

我《われ》ながら良いアイディアだと自画自賛《じがじさん》しながら、桜臣《はるおみ》は続ける。

「自転車の値段《ねだん》が駅前の店と変わらないなら、客はよりサービスの充実《じゅうじつ》した『カザハヤサイクル』を利用してくれるはずだ」

「いや、言ってる意味はわかるけど、さすがにイケメンを自称《じしょう》するのは――」

戸惑《とまど》う奏輪《かなわ》に、桜臣《はるおみ》はきっぱりと言った。

「こういうのは、話題性《わだいせい》が何よりも大事なんだ。こそこそやるより、大々的に、堂々《どうどう》と。イケメンとうたえば、おまえを知らないひとも興味《きょうみ》を持つ。騙《だま》されたと思ってやってみろ」

「えぇ……」

いくら奏輪《かなわ》といえど、自分をイケメンとして売り出すのは気が引ける。

実は、アイドルを名乗って動画を投稿《とうこう》するときも奏輪《かなわ》は緊張《きんちょう》していたのだ。常連客《じょうれんきゃく》の後押《あとお》しがなければ、一歩を踏《ふ》み出《だ》すことすらできなかっただろう。

「交換条件《こうかんじょうけん》」

「う……」

条件《じょうけん》を呑《の》んだのは奏輪《かなわ》自身だ。

渋々《しぶしぶ》ながらも、今週末に衣装《いしょう》を買いに行くことと、美容室《びようしつ》の予約を入れることを約束する。

こうして、奏輪《かなわ》と桜臣《はるおみ》の協力関係が始まった。

202X/06/22 Sat.

週末。ふたりは最寄《もよ》り駅から数駅先にあるデパートにやってきていた。

奏輪《かなわ》はそわそわとあたりを見まわす。上品なクラシック音楽の流れる店内に、自分は場違《ばちが》いなんじゃないかと思ってしまう。しかも、桜臣《はるおみ》の指示《しじ》でお年玉から二万円ほどの予算を用意したこともあり、慣《な》れない状況《じょうきょう》に心臓《しんぞう》が早鐘《はやがね》を打っていた。

「ここで衣装《いしょう》を買うんだよな？　二万円でどんな服を買うつもりなんだ？」

いつもと同じように涼《すず》しげな顔で前を進む桜臣《はるおみ》に奏輪《かなわ》が小声で質問《しつもん》すると、意外な答えが返ってきた。

「衣装《いしょう》は一万円で揃《そろ》える。残りは美容院《びよういん》代だ」

「一万円で買えるのか？」

「ああ。俺《おれ》たちみたいな学生が何万円もする服を買うのは、さすがに背伸《せの》びしすぎだし、金を無駄《むだ》にしてしまうからな」

場の雰囲気《ふんいき》に呑《の》まれていた奏輪《かなわ》は、それを聞いて少し落ち着きを取《と》り戻《もど》す。

「そっか、なら安心だ」

桜臣《はるおみ》がこちらの懐事情《ふところじじょう》を考慮《こうりょ》してくれていて良かったとほっとする。桜臣《はるおみ》の後ろについて歩いていくと、『処分市《しょぶんいち》』と書かれたポスターと紅白《こうはく》の垂《た》れ幕《まく》で飾《かざ》られた一角にたどり着く。そこには結婚式《けっこんしき》やパーティー用のタキシードやドレスがセール価格《かかく》で売られていた。

桜臣《はるおみ》はワゴンに置かれたいくつかの礼服を手に取ると、その中から凝《こ》ったデザインの、ツヤのある黒いタキシードを奏輪《かなわ》に差し出した。

「衣装《いしょう》は、これがいいだろうな」

「結婚式《けっこんしき》の衣装《いしょう》を使うんだ？」

「私服《しふく》だと特別感がないしな。こういう華《はな》やかな服がいいだろう」

値段《ねだん》は八十パーセントオフでぴったり一万円。『処分市《しょぶんいち》』だからこそ見つけられた、掘《ほ》り出《だ》し物《もの》だ。

桜臣《はるおみ》はデパートで時折開催《かいさい》されるこういったセールで、奏輪《かなわ》の衣装《いしょう》を見つけることを狙《ねら》っていたのだ。

高級感のある生地《きじ》に触《ふ》れながら、奏輪《かなわ》は自分がその衣装《いしょう》を着ている姿《すがた》を想像《そうぞう》する。

「なるほどなぁ。かっこいいデザインだし、これにする！」

「待て、買うのは試着してからだ。あそこにいる店員に、試着室の場所を聞いてこい」

服は実際《じっさい》に着てみないと、本当に似合《にあ》うのかわからない。

まずはフォーマルスタイルとして間違《まちが》いのない黒を手に取ったが、体型に合うのか、シルエットは格好《かっこう》よく決まるのか――こればかりは、着てみてもらわないことには判断《はんだん》できなかった。

「そっか……高い買い物だし、たしかに試着したほうがいいよな」

桜臣《はるおみ》の考えがわかっているのかいないのか、奏輪《かなわ》は笑顔《えがお》で店員のもとに向かっていった。

しばらくすると、試着室で衣装《いしょう》を着た奏輪《かなわ》が、桜臣《はるおみ》の前にやってくる。

「見てくれよ！　この服、めっちゃ脚《あし》が長く見える！」

「そうか。気に入ったなら、その服で活動するといい」

「あぁ、教えてくれてありがとな！」

喜色満面《きしょくまんめん》に試着室に戻《もど》っていく奏輪《かなわ》。

桜臣《はるおみ》にとっても、他人のプロデュースを買って出るのは初めてのことだ。

いくらSNS事情《じじょう》やマーケティングに詳《くわ》しいとはいえ、実際《じっさい》にやってみないことにはわからないことも多い。

「まずは第一段階《だんかい》、クリアだな」

桜臣《はるおみ》の目から見ても、あの衣装《いしょう》は奏輪《かなわ》に似合《にあ》っていた。スムーズに衣装《いしょう》を買えたことで弾《はず》みを付けて、桜臣《はるおみ》は会計を終えた奏輪《かなわ》と共にデパートを後にした。

デパートからほど近い場所にある、奏輪《かなわ》の行きつけの美容室《びようしつ》。そこで奏輪《かなわ》は、担当《たんとう》の美容師《びようし》にかつてないほど真剣《しんけん》に要望を伝えていた。

桜臣《はるおみ》はその様子を待合スペースから眺《なが》めている。今のところ、ヘルプを求める視線《しせん》は送ってこないから、事前の打ち合わせ通り進めているのだろう。

桜臣《はるおみ》が奏輪《かなわ》に伝えた作戦はこうだ。

まず、担当美容師《たんとうびようし》には今回、美容室《びようしつ》に来た目的をきちんと話す。

美容師《びようし》はプロだ。目的を話せば、それに合った提案《ていあん》を必ずしてくれる。

逆《ぎゃく》に言えば、目的を正確《せいかく》に伝えなければ、せっかくのプロの力も間違《まちが》った方向に発揮《はっき》されかねない。

目的を担当美容師《たんとうびようし》としっかり共有すること。それがプロの力を活《い》かすのに重要なポイントだ。

「奏輪《かなわ》くん、久《ひさ》しぶり。今日も前回と同じように、長さ残しつつ、前髪《まえがみ》は少し短めに……のカットで大丈夫《だいじょうぶ》かな？」

「いえ、今日《きょう》は小原《おばら》さんに一緒《いっしょ》に髪型《かみがた》を選んでほしくて。実は……」

奏輪《かなわ》は最近、店のために動画撮影《さつえい》を始めたこと。その動画のために、自分がアイドルとして、魅力的《みりょくてき》に映《うつ》るような髪型《かみがた》にしてほしいことを、耳まで赤くしながらも必死に伝えた。

「なるほどね～！　いいじゃん、動画！　一緒《いっしょ》にかっこいい髪型《かみがた》にしようよ！」

こんなことを伝えたら笑われるんじゃないか？　そうでなくても、面倒《めんどう》がられるんじゃないか？　……という奏輪《かなわ》の心配は杞憂《きゆう》に終わった。小原《おばら》は前のめりでヘアカット集をあれこれと奏輪《かなわ》に見せ始めた。

桜臣《はるおみ》は、他人の施術《せじゅつ》に立ち会うのは初めてだ、と思いながらも、奏輪《かなわ》が美容師《びようし》と話しているのを注意深く眺《なが》める。

奏輪《かなわ》の様子を見守るのもプロデュースに必要なことだった。

奏輪《かなわ》の髪《かみ》はボサボサというわけではなく、むしろ普段《ふだん》から整っているほうだ。

しかし、『カザハヤサイクル』を立て直すための動画撮影《さつえい》ともなると、より気を遣《つか》う必要があると桜臣《はるおみ》は感じていた。

（ＳＮＳ動画のサムネイルと配信者の見栄《みば》えは、再生数《さいせいすう》に直結する。特に、アイドルをやるな

ら髪型《かみがた》は重要だ）

そんなことを考えていると、おもむろに奏輪《かなわ》が自分のスマホを取り出した。どうやら、男性《だんせい》アイドルのＳＮＳを美容師《びようし》に見せているらしい。

「このひと、すごいかっこいいなって思ってて。こんなふうに金髪《きんぱつ》で毛先はふわっとしたパーマを当ててもらうのは――」

小原《おばら》に「かっこいい髪型《かみがた》にしよう！」と言ってもらえて、すっかり舞《ま》い上《あ》がっていた奏輪《かなわ》だったが、鏡越《ご》しに桜臣《はるおみ》の視線《しせん》を感じてハッとする。

「……って、これだと校則違反《こうそくいはん》か」

奏輪《かなわ》が苦笑《にがわら》いをしているのを見て、小原《おばら》も「自分のイメージを考えるのって難《むずか》しいよね」と笑う。

小原《おばら》は待合スペースにあったファッション誌《し》を持ってくると、奏輪《かなわ》に見せながら言った。

「髪型《かみがた》も、ファッションも考えかたは同じなの。モデルは全員が似合《にあ》っているように見えるけど、面長《おもなが》なひとや丸顔のひと、首が太いひとやなで肩《がた》のひと。それぞれに似合《にあ》いやすい髪型《かみがた》と服装《ふくそう》があって、みんなが違《ちが》った正解《せいかい》を持ってる」

ファッション誌《し》に載《の》っているモデルの共通点は、全員がスタイリストにプロデュースされ、完成された見栄《みば》えになっているということだけ。

「奏輪《かなわ》くんの髪質《かみしつ》や顔立ちだと……このひとみたいな感じはどうかな？」

小原《おばら》はその中から、今話題の若手《わかて》俳優《はいゆう》がモデルをしている特集ページを開いてみせる。

普段《ふだん》の奏輪《かなわ》の髪型《かみがた》とは少し違《ちが》って、前髪《まえがみ》や襟足《えりあし》は残したままに、ワックスで髪《かみ》の流れを整えてボリュームを出すマッシュウルフヘアーだった。

「かっこいい！　おれ、これでお願いしたいです！」

プロの提案《ていあん》に、思わず奏輪《かなわ》は即決《そっけつ》した。

「ＯＫ！　じゃあ始めるね！」

小原《おばら》も、奏輪《かなわ》の期待に応《こた》えようと意気込《いきご》む。

三十分もするとカットは終わり、三面鏡で仕上がりを確認《かくにん》した奏輪《かなわ》は目を輝《かがや》かせた。

「めちゃめちゃかっこいい！　いつものおれと全然違《ちが》う！」

「気に入ってもらえてよかった。ここでセットもしていくよね？」

雑誌《ざっし》に載《の》っていた俳優《はいゆう》のような髪型《かみがた》に近付けるためには、セットも必要だ。

奏輪《かなわ》はスタイリング剤《ざい》を選んでいる小原《おばら》に、勇気を出して質問《しつもん》する。

「あの……小原《おばら》さんがセットしてくれるところ、スマホで動画撮影《さつえい》してもいいですか？　自分でセットするときの参考にしたくて」

「いいよ！　どんどん撮《と》って！」

小原《おばら》が快諾《かいだく》してくれたことにほっとしながら、奏輪《かなわ》は待合スペースで待ってくれていた桜臣《はるおみ》を呼《よ》ぶ。

「桐ヶ谷《きりがや》、ちょっと手伝ってくれる？」

「ああ」

動画撮影《さつえい》の際《さい》に、毎回プロに頼《たの》んでヘアセットをしてもらうわけにはいかない。自分でもできるよう、セットする様子を撮影《さつえい》すべきだと提案《ていあん》したのは桜臣《はるおみ》だった。

「どう、桐ヶ谷《きりがや》くん？　録画の準備《じゅんび》できた？」

「はい。お願いします」

桜臣《はるおみ》が録画を始めたのを確認《かくにん》すると、小原《おばら》は手にヘアワックスを取って毛先に付けていく。奏輪《かなわ》がその手さばきに驚《おどろ》いているうちに、「終わったよ」と三面鏡で奏輪《かなわ》に完成形を見せてくれる。

そこには、見違《みちが》えるような奏輪《かなわ》の姿《すがた》があった。

「すごい！　いつもちゃんと見てなかったけど、小原《おばら》さんってこんなふうにセットしてくれてたんだ……」

普段《ふだん》、ヘアワックスなしでもお手軽にセットできるような髪型《かみがた》にしてもらっていた奏輪《かなわ》にとって、毛先までこだわったヘアスタイルは新鮮《しんせん》だった。鏡に映《うつ》っているのはたしかに自分なのに、別人のように輝《かがや》いて見える。

桜臣《はるおみ》は満足そうにうなずくと、残った予算で小原《おばら》が使ったのと同じヘアワックスを買うように勧《すす》めた。

「後で動画を送っておく。撮影《さつえい》の日は自分でスタイリングができるよう、家で練習しておけよ」

「うん！」

『カザハヤサイクル』に戻《もど》る頃《ころ》には日は傾《かたむ》き始めていたが、桜臣《はるおみ》は奏輪《かなわ》に買ったばかりのジャケットを着させ、店の前で何枚《なんまい》か写真を撮《と》った。

その中から写りが良かった写真を『カザハヤチャンネル』のバナー部分に設定《せってい》し、概要欄《がいようらん》には『チャリドル派遣先募集中《はけんさきぼしゅうちゅう》！　連絡《れんらく》はこちらまで』というメッセージと、新しく作ったメールアドレスを載《の》せた。

後は依頼《いらい》を待つだけ――という状態《じょうたい》で、その日は解散《かいさん》となった。

ひとりで自宅《じたく》に帰る最中、奏輪《かなわ》はその日交換《こうかん》した桜臣《はるおみ》のＬＩＭＥ《ライム》にお礼の文章を打ちながら、あらためて決意を固める。

「ありがとう、桐ヶ谷《きりがや》。おれ、絶対《ぜったい》に『カザハヤサイクル』を守ってみせるよ」

新しく生まれ変わった奏輪《かなわ》の髪《かみ》が、夕陽《ゆうひ》に照らされてキラキラと光った。

2O2X/O7/O8 Mon.

六月のじめじめした季節を抜《ぬ》けて、暑い七月が訪《おとず》れる。

奏輪《かなわ》は新しく買った衣装《いしょう》とヘアスタイルのお披露目《ひろめ》を兼《か》ねて、『イケメン配達』あらため、『チャリドル派遣《はけん》』のサービス紹介《しょうかい》動画を六月のうちに投稿《とうこう》していた。

『チャリドル派遣《はけん》』を無料で引き受ける条件《じょうけん》は、三つ。

まず、週末の朝から夕方の間におこなえる活動であること。

次に、チャリドルが自転車で向かえる範囲《はんい》……つまり、波島《なみしま》市内でおこなえる活動であること。

最後に、『カザハヤサイクル』の宣伝《せんでん》のために、依頼主《いらいぬし》の迷惑《めいわく》にならない範囲《はんい》で動画撮影《さつえい》を許《きょ》可《か》してもらえること。

しかし、七月に入ってから一週間ほど経《た》つのに依頼《いらい》はひとつとして来ていなかった。

その間、待ってばかりではいられなかった奏輪《かなわ》は、桜臣《はるおみ》に協力してもらいながら動画投稿《とうこう》を続けていたが、再生数《さいせいすう》は伸《の》び悩《なや》むばかり。

三か月あった猶予《ゆうよ》も、いつの間にか一か月を切っていた。焦《あせ》りを感じた奏輪《かなわ》はいつもより早い時間に登校すると、桜臣《はるおみ》に泣きついた。

「桐ヶ谷《きりがや》～、依頼《いらい》が全然来ないんだけど」

隣《となり》の席で読書していた桜臣《はるおみ》は、本を見たまま返事する。

「またその話か……。あまり期待するな。そもそも登録者数が百もいかない動画チャンネルだろう」

「じゃあ、ずっと待ってればいいの？」

奏輪《かなわ》は桜臣《はるおみ》に見放されたように感じ、唇《くちびる》を尖《とが》らせる。

桜臣《はるおみ》はふてくされた態度《たいど》の奏輪《かなわ》をちらりと見ると、やれやれと肩《かた》をすくめた。

「俺《おれ》に聞くな。『イケメン配達』は嫌《いや》だと言ったのはおまえだろう。知名度がない今、イケメンというワードで興味《きょうみ》を持ってくれたかもしれない新規層《しんきそう》を取りこぼしたのは痛手《いたで》だぞ」

桜臣《はるおみ》が読書に戻《もど》ったので、奏輪《かなわ》は「そんなぁ」と言いながらも席に着いた。

そんな様子を横目に、桜臣《はるおみ》はふと気になって考える。

『カザハヤチャンネル』の視聴者《しちょうしゃ》は、多くが奏輪《かなわ》の知り合いだ。商店街で店を開いているひとも多いし、もっと気軽に依頼《いらい》が来るものだと思ったが……もしかしたら『チャリドル派遣《はけん》』三つめの条件《じょうけん》である「お手伝い風景の動画撮影《さつえい》」がネックになっているのかもしれない。

このご時世、いくら見知った近所の学生とはいえ、無償《むしょう》であれこれ手伝いを頼《たの》む姿《すがた》を動画に収《おさ》められるのは気まずいのだろう。特に商店街の住人たちは客商売をしている。ネットで「あの店は学生をタダでこき使っている」と間違《まちが》った情報《じょうほう》が出まわって、客が離《はな》れでもしたら大問題だ。

つまり、奏輪《かなわ》が『チャリドル派遣《はけん》』を実践《じっせん》するためには、普段《ふだん》の視聴者《しちょうしゃ》とは違《ちが》うひとから依《い》頼《らい》を受ける必要がある。

「……今こそ、おまえの行動力を発揮《はっき》するときじゃないか」

考えがまとまると、桜臣《はるおみ》はポツリとつぶやいた。

「え……？」

突然《とつぜん》の桜臣《はるおみ》の言葉に、きょとんとする奏輪《かなわ》。

奏輪《かなわ》に助け船を出すように、桜臣《はるおみ》は自分の考えを簡潔《かんけつ》に示《しめ》した。

「依頼《いらい》が来ないなら、自分から開拓《かいたく》するしかないだろう。おまえに頼《たの》みごとはできなくても、協力はしてくれるはずだからな」

出血大サービスとばかりに、桜臣《はるおみ》は奏輪《かなわ》にアドバイスを与《あた》える。

「チラシを何枚《なんまい》か商店街に貼《は》らせてもらうのはどうだ。十枚《まい》もあれば充分《じゅうぶん》だから金もかからないし、商店街を訪《おとず》れた客に見てもらえれば、依頼《いらい》が舞《ま》い込《こ》むかもしれない」

桜臣《はるおみ》の提案《ていあん》に、奏輪《かなわ》は求めていた答えを見つけたように目を輝《かがや》かせた。

「すごいよ桐ヶ谷《きりがや》！　おまえっていつも、おれだけじゃ思い付かないことを言ってくれるよな！　ほんと頼《たよ》りになる！」

それから、ノートを取り出して一心不乱《いっしんふらん》にシャープペンシルを走らせる。

さっそくチラシの内容《ないよう》を考え始めた奏輪《かなわ》の行動力を見て「俺《おれ》からしたら、おまえも充分《じゅうぶん》すごいやつだけどな」と、桜臣《はるおみ》は奏輪《かなわ》に聞こえないように小声でつぶやいた。

202X/07/09 Tue.

「ん〜、微妙《びみょう》に曲がってるな。もう一回……」

次の日。日が長くなってきたこともあってまだ明るい夕方に、奏輪《かなわ》は商店街の掲示板《けいじばん》にチラシを貼《は》っていた。

昨日《きのう》のうちに、休み時間を使って『チャリドル派遣《はけん》』のチラシを完成させ、さらに商店街での掲示許可《けいじきょか》ももらっておいた。

この奏輪《かなわ》の行動力には桜臣《はるおみ》も感心していたが、「今日《きょう》は予定がある」と帰ってしまったため、奏輪《かなわ》はひとりで商店街のあちこちにある掲示板《けいじばん》をまわることになったのだ。

美術《びじゅつ》の先生に借りたカラーマーカーを使って、カラフルなデザインに仕上げたチラシは通行人の目を引くようで、貼《は》っている最中でも奏輪《かなわ》に話しかけるひとが少なくなかった。

奏輪《かなわ》が休みの日に輪太郎《りんたろう》とよく定食を食べに行く『だい吉《きち》』の店主が、その様子を見て声をかける。

「奏輪《かなわ》ちゃん、何やってるの？」

「大吉《だいきち》さん！」

奏輪《かなわ》は恰幅《かっぷく》の良い店主の姿《すがた》に、にこやかに答える。

「実は、うちの店の宣伝《せんでん》を兼《か》ねてお手伝いをしようと思って。商店街にチラシを貼《は》らせてもらってるんだ」

「『チャリドル派遣《はけん》』か。おもしろいこと考えるなぁ。なら、うちの店にも貼《は》っていきな」

「えっ、いいの？」

「もちろん。店に食事に来るお客さんが見てくれるかもしれないしね。奏輪《かなわ》ちゃんさえ良かったら、他の店にも貼《は》っていいか聞いとくよ」

そう言って大きなお腹《なか》を叩《たた》く大吉《だいきち》の姿《すがた》が、奏輪《かなわ》には頼《たの》もしく見えた。

「やった！　お願いします！」

「はは、奏輪《かなわ》ちゃんは常連《じょうれん》さんだし、うちも『カザハヤサイクル』には出前の自転車直してもらったりで世話になってるから。みんなもきっと協力してくれると思うよ」

202X/07/10 Wed.

トントン拍子《ひょうし》に話はまとまり、翌日《よくじつ》、奏輪《かなわ》は協力を申し出てくれた店先に追加のチラシを貼《は》っていく。今日《きょう》も桜臣《はるおみ》は「用事がある」とそそくさと帰ってしまった。あいつはあいつで忙《いそが》しいのだろう。

「これでよし、と」

最終的に、商店街には掲示板《けいじばん》と店先をあわせて二十枚《まい》ほどのチラシを貼《は》らせてもらえた。

これだけあれば、奏輪《かなわ》が直接面識《ちょくせつめんしき》のない相手の目にも留《と》まるだろう。

貼《は》らせてもらった礼を言いながら、奏輪《かなわ》は商店街の店主たちに「困《こま》ってることはない？」と聞いたが、案外手伝いをしてもらいたがっているひとはいなかった。

しかし、商店街を歩いていると「チラシ見たよ」と声をかけてもらうことが何度かあり、『チャリドル派遣《はけん》』の知名度が高まっているような手応《てごた》えを感じていた。

(こんなことなら、もっと早くやっておくんだったなぁ)

後悔《こうかい》していても仕方がない。

明日《あした》、桜臣《はるおみ》に報告《ほうこく》するついでに、他にできることはないか相談しよう。

そんなことを考えながら、奏輪《かなわ》は家路《いえじ》につくのだった。

202X/07/11 Thu.

奏輪《かなわ》が最初に商店街にチラシを貼《は》ってから二日が経《た》った。今のところ、『チャリドル派遣《はけん》』の依頼《いらい》はない。

桜臣《はるおみ》は「それだけチラシを貼《は》れたなら、必ずリアクションはあるはずだ。焦《あせ》らず待とう」と言ってくれたが、どうしても気持ちは急《せ》いてしまう。

「やれることを、やるしかない……か」

今日《きょう》は二日ぶりに『カザハヤサイクル』の手伝いに行く日だ。

放課後、図書室に向かうという桜臣《はるおみ》と別れ、学校の昇降口《しょうこうぐち》で靴《くつ》を履《は》き替《か》えていると、ふいに声をかけられた。

「風早《かざはや》——よね。あんたがチャリドル？」

奏輪《かなわ》が振《ふ》り返《かえ》ると、そこには女子生徒がいた。水色のジャージを身に着けた二年生の先輩《せんぱい》だ。

太い眉《まゆ》、強い眼力《がんりき》の先輩《せんぱい》からの声に、奏輪《かなわ》は驚《おどろ》きながらも返事をする。

「はい、おれがチャリドルですけど」

「手伝ってほしいことがあるんだけど」

待ちに待ったその言葉に、奏輪《かなわ》は勢《いきお》いよく答えた。

「おれにできることなら、何でもやります！」

事情《じじょう》も聞かずに即答《そくとう》する奏輪《かなわ》に、声をかけた女子生徒は頬《ほお》を緩《ゆる》ませる。

「よかった。あたしは二年C組の相沢《あいざわ》っていうんだけど――」

相沢《あいざわ》は、初対面の奏輪《かなわ》に簡単《かんたん》な自己紹介《じこしょうかい》を始めた。

依頼主《いらいぬし》の名前は、相沢由香《あいざわゆか》。

二年C組の生徒で、普段《ふだん》はソフトボール部のエースをしているそうだ。

相沢《あいざわ》は女子の中でも体格《たいかく》が良く、一見、厳《きび》しそうな雰囲気《ふんいき》から後輩《こうはい》たちからも怖《こわ》がられるタイプだが、奏輪《かなわ》は普段《ふだん》から商店街でいろいろな大人《おとな》たちと交流しているからか、臆《おく》することなく笑顔《えがお》で話を進める。

「おれは、一年の風早奏輪《かざはやかなわ》です。じいちゃんの店『カザハヤサイクル』の宣伝《せんでん》活動の一環《いっかん》で、『チャリドル』として活動してます。それで、内容《ないよう》っていうのは――」

奏輪《かなわ》も相沢《あいざわ》に自己紹介《じこしょうかい》をしながら、本題に入っていく。

相沢《あいざわ》はそんな奏輪《かなわ》の朗《ほが》らかな態度《たいど》が気に入ったのか、にこりと笑って言った。

「近所の児童館で、アイドルとして子どもたちに何かやってもらいたいんだよね」

「児童館……？」

予想していなかった言葉に、奏輪《かなわ》は首をかしげる。

「うん。小学校の頃《ころ》によく使ってたから、今でもよく手伝いをしてるんだけど。アイドルに憧《あこが》れる子がけっこういるから、『アイドルが来る』ってなったら喜《よろこ》ぶと思って。児童館、使ったことある？」

「えっと……昔に少しだけ」

「じゃあ、一応《いちおう》説明しとこうかな」

相沢《あいざわ》は、児童館について説明する。

児童館は、いろいろな子どもが遊びに来ることができる施設《しせつ》だ。放課後や休日、子どもたちが学校や年齢《ねんれい》を超《こ》えて遊ぶことができる場所で、さまざまな行事がおこなわれている。

奏輪《かなわ》は小学校の高学年になる頃《ころ》から『カザハヤサイクル』の手伝いをするようになったので、ほとんど利用したことがなかったが、放課後に友達に連れられて遊びに行ったことはあった。

ボールで遊べる遊具室や、静かに読書するための図書室、囲碁《いご》や将棋《しょうぎ》のできる会議室など、さまざまな設備《せつび》があったことをぼんやりと覚えていた。相沢《あいざわ》は、児童館に思い入れがあるようで、熱意を込《こ》めて続ける。

「急で悪いんだけど……今週末の日曜日、児童館の庭で『ふれあい広場』が開催《かいさい》されるから、そこでアイドルとして子どもたちの相手をしてあげてほしいの」

相沢《あいざわ》も『ふれあい広場』に参加したかったが、大会が近い時期らしく、代わりに何か催《もよお》しができるひとを探《さが》していたらしい。子どもたちの顔がはっきり映《うつ》ったりしなければ、動画撮影《さつえい》もＯＫだそうだ。奏輪《かなわ》は、チャリドルの活動ができることに胸《むね》を撫《な》で下《お》ろす。

「ありがとう、相沢先輩《あいざわせんぱい》。喜《よろこ》んで引き受けさせてもらいます」

「『ありがとう』はこっちのセリフ。あたしの分まで頼《たの》んだよ」

ぶっきらぼうな口調だが、相沢《あいざわ》は奏輪《かなわ》の協力を喜《よろこ》んでくれているようだった。

（児童館の子たちに、チャリドルとしてできること……）

奏輪《かなわ》は帰りの道すがら、相沢《あいざわ》にもらった『ふれあい広場』の案内チラシを見ながら考える。

ボランティアスタッフが運営《うんえい》しているようだが、一緒《いっしょ》に工作やお絵描《えか》きを楽しむコーナーや、『輪投げ大会』など楽しそうな催《もよお》し物《もの》があるだけに、チャリドルも負けてはいられない。

どうすれば、アイドルが好きな児童館の子どもたちに、自転車の良さを伝えられるのか。

あれこれ考えていると、ふいにひとつのアイディアを思いつく。

（そうだ！　あれがあるじゃん！）

そのアイディアを実現《じつげん》できるように『カザハヤサイクル』へと急ぐ奏輪《かなわ》。

店に着くなり、慌《あわ》ただしく輪太郎《りんたろう》に相談する。

話がまとまると、桜臣《はるおみ》に『日曜日、初仕事！　撮影《さつえい》、手伝って！』とメッセージを送るのだった。

202X/07/14 Sun.

波島《なみしま》小学校の近くにある児童館。

『ふれあい広場』は、休日ということもあり盛況《せいきょう》だった。

奏輪《かなわ》の呼《よ》び出《だ》しに応《おう》じた桜臣《はるおみ》が訪《おとず》れたのは、イベント開始直後の午前十時。児童館の中庭には、朝だというのにすでに百人規模《きぼ》の人が集まっていた。あたりを観察するように眼鏡《めがね》をクイッと上げると、桜臣《はるおみ》は奏輪《かなわ》がいるという庭に隣接《りんせつ》した職員駐車場《しょくいんちゅうしゃじょう》に向かう。

そこには、ひとりで子ども用の自転車を乾拭《からぶ》きしている奏輪《かなわ》の姿《すがた》があった。

「おい風早《かざはや》。人が集まっていないが、本当に大丈夫《だいじょうぶ》なのか」

一応《いちおう》、先日購入《こうにゅう》した衣装《いしょう》を身に着けてはいるものの、子ども用の自転車に囲《かこ》まれ、アイドルらしいことを何ひとつしていない奏輪《かなわ》に桜臣《はるおみ》は言った。奏輪《かなわ》は特に心配していないようで、自信たっぷりに返した。

「ここは一番奥《おく》まったスペースだから、子どもたちが来るのはもうちょっと経《た》ってからだと思うよ。それに、とっておきのアイディアがあるから大丈夫《だいじょうぶ》！」

奏輪《かなわ》はそう言いながら、自転車を一台一台、丁寧《ていねい》に確認《かくにん》していく。

「とっておき？　その自転車のことか？」

「あぁ、じいちゃんの伝手《つて》で、リサイクルショップから借りてきたんだ」

そう言って、『自転車体験コーナー！』と大きく書いた自作の看板《かんばん》を桜臣《はるおみ》に見せる。

桜臣《はるおみ》はそれを見て、ようやく納得《なっとく》する。

なるほど。『カザハヤサイクル』の商品ではなく、わざわざ中古品を借りてきたのは、『ふれあい広場』に集まった子どもたちに試乗させるためだったのか。自転車の魅力《みりょく》をアピールする、悪くない手段《しゅだん》だ。

「宣伝《せんでん》も少しはうまくなったようだな。でもせっかく体験コーナーで自転車を気に入ってもらっても、その中古品が欲《ほ》しいと言われてしまったら、『カザハヤサイクル』の売り上げは増《ふ》えないんじゃないか?」

桜臣《はるおみ》が首をかしげると、奏輪《かなわ》は平然と答える。

「わかってるさ。でも、おれがやりにきたのは、チャリドルの活動だから。今日《きょう》は商売じゃなくて、自転車に乗る楽しみを知ってもらうつもりで来たんだ。……まわりくどすぎるかな?」

たしかに、残り二週間で経営《けいえい》を立て直すことだけが目的なら、この方法では間に合わないかもしれない。

でもゴールはそこじゃない。奏輪《かなわ》の目標は『カザハヤサイクル』を愛される自転車店として、ずっと残し続けること。「立て直して、終わり」ではないのだ。

自転車体験は、未来のお客さんを作るのに最適《さいてき》な方法だ。

（こいつも自転車のことに限《かぎ》れば発想は悪くない。あとは、うまく子どもたちが集まるかだが――）

桜臣《はるおみ》が不安に思っていると、入り口付近の催《もよお》し物《もの》を楽しんだ子どもたちが、奥《おく》にある『体験コーナー』のスペースにやってくる。それを見た奏輪《かなわ》は子ども用自転車の一台と、『自転車体験』の看板《かんばん》を持って呼《よ》び込《こ》みに向かった。

きらびやかな衣装《いしょう》が目に留《と》まったのか、すぐにたくさんの子どもたちが駆《か》け寄《よ》ってくる。

「じてんしゃたいけん？」

「のっていいの？」

「うん。急いで準備《じゅんび》したから小さいコースなんだけど……、あっちのスペースで自由に運転していいからね」

興味津々《きょうみしんしん》の子どもたちに微笑《ほほえ》みかけて、駐車場《ちゅうしゃじょう》につくった試乗用のコースへと案内する。

そこは『体験コーナー』を思いついた奏輪《かなわ》が、相沢経由《あいざわけいゆ》で児童館の職員《しょくいん》に準備《じゅんび》してもらった特別なスペースだった。この時間の車の出入りはすべて止めてもらっているから、子どもたちにも安全に楽しんでもらえるだろう。

「今からみんなに、チャリドルのおれが自転車の楽しさを教えてあげるよ！　補助輪《ほじょりん》付きの自

自転車
体験コー

転車もあるし、おれも手伝うから、ひとりで乗れない子も遠慮《えんりょ》しないでね！」

コースに向かって歩き出す奏輪《かなわ》の快活《かいかつ》な雰囲気《ふんいき》につられて、子どもたちも元気いっぱいについていく。

「チャリドルってなに？」「アイドルなの？　うたってー」など、奏輪《かなわ》に口々に言葉を投げかける子どもたち。

子どもたちに囲《かこ》まれる奏輪《かなわ》の様子をスマホで撮影《さつえい》しながら、桜臣《はるおみ》は奏輪《かなわ》の『人に愛される魅力《みりょく》』を再認識《さいにんしき》する。

誰《だれ》に対しても分《わ》け隔《へだ》てなく接《せっ》する優《やさ》しさ、そして明るさ。

それが充分《じゅうぶん》に発揮《はっき》できれば、おのずと『チャリドル派遣《はけん》』の依頼《いらい》ももっと増《ふ》えてくるだろう。

自転車に乗る子どもたちをサポートしながら、リクエストされた歌を歌う奏輪《かなわ》の様子は、まさしく新しい形のアイドルだった。

（チャリドル……か。もしかすると、あいつは俺《おれ》の想像《そうぞう》以上に、すごいやつなのかもしれない）

そう桜臣《はるおみ》は思いながら、奏輪《かなわ》の活躍《かつやく》を一瞬《いっしゅん》たりとも逃《のが》さないように撮影《さつえい》を続けた。

202X/08/01 Thu.

ついにタイムリミットがやってきた。

奏輪《かなわ》が輪太郎《りんたろう》と約束した『三か月後』。

午後三時をまわった頃《ころ》に、奏輪《かなわ》は電話で輪太郎《りんたろう》に呼《よ》び出《だ》された。

シャッターが下ろされ、『店休日』の札が掲《かか》げられた『カザハヤサイクル』の裏口《うらぐち》にまわる。

めったに使わない通用口から店内に入っていく奏輪《かなわ》の表情《ひょうじょう》は強張《こわば》っていた。

和室に陣取《じんど》っていた輪太郎《りんたろう》が、奏輪《かなわ》を見るなり言った。

「この三か月どうだった。奏輪《かなわ》」

「……最大限《さいだいげん》がんばったよ」

奏輪《かなわ》は、そう答えるしかなかった。

マイチューブの『カザハヤチャンネル』の登録者数は、『ふれあい広場』の盛況《せいきょう》もあって三桁《けた》まで伸《の》びていた。再生数《さいせいすう》も、チャリドルという聞《き》き慣《な》れないアイドルの存在感《そんざいかん》と、奏輪《かなわ》の努力《どりょく》で一〇〇〇再生《さいせい》とバズった動画が一本。他の動画も、一〇〇再生《さいせい》を超《こ》えるものがいくつかあったし、『チャリドル派遣《はけん》』の依頼《いらい》もちらほらと舞《ま》い込《こ》むようになった。

しかし、それによって店が繁盛《はんじょう》したかというと、必ずしもそうとは言えなかった。奏輪《かなわ》が『カザハヤサイクル』の店頭に店番として立っていた間に自転車を買ってくれたのは数人程度《ていど》で、それは去年の今頃《いまごろ》と大差ない。

輪太郎《りんたろう》は奏輪《かなわ》の複雑《ふくざつ》な気持ちを見抜《みぬ》いているのか、静かに「そうか」とだけ言ってうなずいた。

それから、奏輪《かなわ》がその日立ち入っていなかった店の売り場に向かって、呼《よ》びかける。

「……ということだが、どうかね、桜臣《はるおみ》くん」

輪太郎《りんたろう》に呼《よ》びかけられ、店のほうから桜臣《はるおみ》が現《あらわ》れる。

思わぬ訪問客《ほうもんきゃく》に、奏輪《かなわ》は目を丸くして驚《おどろ》いた。

「桐ケ谷《きりがや》？　どうしてここに？」

奏輪《かなわ》の質問《しつもん》に、桜臣《はるおみ》は眼鏡《めがね》をクイッと上げて、呆《あき》れたように言った。

「俺《おれ》もおまえの活動を手伝ったんだ。輪太郎《りんたろう》さんの最終判断《はんだん》を聞きに来るのは、何も不思議なことじゃないだろう」

事態《じたい》を呑《の》み込《こ》めない様子の奏輪《かなわ》に、輪太郎《りんたろう》は、「ははは」と笑いながら説明を加える。

「桜臣《はるおみ》くんは、たまにうちの経営状況《けいえいじょうきょう》を聞きに来てくれていたんだ。毎月何台の自転車が売れれば、店を存続《そんぞく》することができるのか、とかな。そういえば……桜臣《はるおみ》くんが来るのは、決まって奏輪《かなわ》が店番をしない時間帯だったかもしれんな」

輪太郎《りんたろう》がイタズラっぽくニヤリと笑うのを見て、奏輪《かなわ》はハッとする。

商店街にポスターを貼《は》りに行った日もそうだった。桜臣《はるおみ》は奏輪《かなわ》が店番しない日に限《かぎ》って「今日は用事がある」と言って、先に帰っていた気がする。

「そのうち自転車の並《なら》べかたにまで口出ししてきてよ。オレも商売人の端《はし》くれだ。そのぐらいは自分で考える……って突《つ》っぱねたんだけどな。桜臣《はるおみ》くんは、奏輪《かなわ》のために少しでも売り上げを伸《の》ばす協力をさせてほしい、奏輪《かなわ》のためにこの店を立て直す方法を一緒《いっしょ》に考えさせてほしい、と頭を下げてきたんだよ」

「桐ケ谷《きりがや》が……？」

意外な事実に、奏輪《かなわ》は桜臣《はるおみ》のほうを見る。

桜臣《はるおみ》は奏輪《かなわ》に視線《しせん》を合わせることなく、小さな声で言った。

「俺《おれ》のことはいいから、今は輪太郎《りんたろう》さんの話を聞け」

「あ、うん」

輪太郎《りんたろう》は、そんなふたりの様子を見て嬉《うれ》しそうに笑う。

「オレも桜臣《はるおみ》くんや商店街の仲間に教えてもらって、チャリドルのことを知ったんだ。奏輪《かなわ》のおかげで、赤字解消《かいしょう》とまではいかないが、売り上げも上向いてきた。もう少しだけ、がんばれるくらいにはな」

その言葉に、奏輪《かなわ》はハッと息を呑《の》む。

「それって、つまり……。『カザハヤサイクル』は潰《つぶ》れないってこと？」

輪太郎《りんたろう》は、愛《いと》しい孫を激励《げきれい》するように頭をくしゃくしゃと撫《な》でる。

「ああ。店を閉《し》めたら、せっかくのチャリドルも台無しだ。オレのせいでおまえと桜臣《はるおみ》くんの物語を終わらせるのはしのびない。そう思った」

輪太郎《りんたろう》はこれまでの日々を思い出すように、店内を見渡《みわた》す。

「奏輪《かなわ》は、昔の自分にそっくりなんだ。商売を始めた頃《ころ》は、うまくいくことばかりじゃなかったからな。店を続けるため——家族を養うために、がむしゃらにやってきた」

「じいちゃん……」

輪太郎《りんたろう》の若《わか》かりし日々を、奏輪《かなわ》は初めて知る。

「今はもう、息子《むすこ》も独《ひと》り立《だ》ちして、孫もすくすく育って——引《ひ》き際《ぎわ》はいつにしようかと考えてたが。奏輪《かなわ》がこの店のためにがんばるのを見て、まだそのときじゃないって思えたんだ」

輪太郎《りんたろう》の瞳《ひとみ》には、未来を見ているような輝《かがや》きがあった。

奏輪《かなわ》と桜臣《はるおみ》。ふたりなら、将来《しょうらい》『カザハヤサイクル』を——いや、波島《なみしま》商店街をもっと守《も》り立《た》ててくれる存在《そんざい》になってくれる。そう輪太郎《りんたろう》は感じていた。

「これからもこの場所で、チャリドルの活動を見守らせてくれるか？」

「うん！　もちろんだよ、じいちゃん……！」

奏輪《かなわ》は涙《なみだ》をにじませながら笑った。

子どもの頃《ころ》から長い時間を過《す》ごしてきたこの店が、大好きなこの場所が、これからも続いてくれる。

「おれ、『カザハヤサイクル』のために、もっとがんばるよ！」

まだ、当初の目標には届《とど》いていない。でも、だからこそ。

奏輪《かなわ》は、どんなことがあってもチャリドルの活動を続けていこうと決心した。それが奏輪《かなわ》にとっての『カザハヤサイクル』のように、チャリドルが誰《だれ》かにとっての大切な存在《そんざい》になってくれると、そのとき心から信じられたからだ。

その日の帰り道。

夕焼けが、波島《なみしま》サイクリングロードの白色を鮮《あざ》やかなオレンジ色に染《そ》める。波島《なみしま》の海を眺《なが》めながら、奏輪《かなわ》は桜臣《はるおみ》と一緒《いっしょ》に海沿《うみぞ》いの堤防《ていぼう》の上を歩いていた。美しい光景に見とれながらも、奏輪《かなわ》は静かに口を開いた。

「ありがとな、桐ヶ谷《きりがや》。たくさんおれのことを手伝ってくれて」

あらたまった態度《たいど》の奏輪《かなわ》にどう反応《はんのう》していいかわからず、桜臣《はるおみ》はぶっきらぼうに告《つ》げる。

「この程度《ていど》のことで感謝《かんしゃ》されても困《こま》るな」

「いや、だって桐ヶ谷《きりがや》のおかげでチャリドルの活動を始められたし、何より、『カザハヤサイクル』は続いていくことになったから」

そこで奏輪《かなわ》は言葉を切る。深呼吸《しんこきゅう》してから、桜臣《はるおみ》の目を見つめて、頭を下げる。

「本当にありがとう。桐ヶ谷《きりがや》は『店が閉店《へいてん》しないよう、手伝う』っていう約束を守ってくれた。だから――」

「俺《おれ》にこれ以上手伝う義理《ぎり》はない」

「……だよな。じゃあ、また困《こま》ったらアイディアだけ貸《か》してくれよ」

「…………」

「って、そんなわけにもいかないか。桐ヶ谷《きりがや》は時間、無駄《むだ》にしないもんな」

苦笑《にがわら》いしながら、奏輪《かなわ》は顔を上げた。

波島《なみしま》の海のさざなみが、心地《ここち》よく沈黙《ちんもく》を埋《う》めていく。

しばらくの間、お互《たが》い無言で歩き続け――分かれ道にさしかかったところで桜臣《はるおみ》が立ち止まり、口を開く。

「約束は果たした。だから、ここからはまったく新しい提案《ていあん》だ」

新しい提案《ていあん》。

何を言おうとしているのか見当がつかず、奏輪《かなわ》はきょとんとした顔で桜臣《はるおみ》を見る。

「俺《おれ》のプロデュースで、本格的《ほんかくてき》にアイドルを目指さないか？」

「え……？」

「おまえには、上を目指せる素質《そしつ》がある」

「おれが、アイドルに……」

戸惑《とまど》う奏輪《かなわ》に、桜臣《はるおみ》は真剣《しんけん》な目を向ける。

「あぁ、おまえは未熟《みじゅく》だが、それに負けない向上心がある」

「……………」

『俺《おれ》は俺《おれ》の意見が正しいと証明《しょうめい》したい』

桜臣《はるおみ》はそう言ってチャリドルの活動を手伝ってくれていた。

『カザハヤサイクル』が閉店《へいてん》の危機《きき》を乗《の》り越《こ》え、「桜臣《はるおみ》の意見が正しい」と証明《しょうめい》できた以上、もうチャリドルに関わる必要なんてないはずだ。

だから今日《きょう》でコンビ解消《かいしょう》だと、奏輪《かなわ》は思っていた。

予想外の提案《ていあん》に混乱《こんらん》し、言葉を失っていると、桜臣《はるおみ》はふいと視線《しせん》を逸《そ》らす。

「嫌《いや》ならいい。判断《はんだん》はおまえに任《まか》せる」

答えも待たずに立ち去ろうとする桜臣《はるおみ》。

迷《まよ》っている場合じゃない。奏輪《かなわ》は去りゆく桜臣《はるおみ》の背中《せなか》に向けて、大きな声で叫《さけ》んだ。

「やるよ！　アイドル！　おれひとりじゃ夢《ゆめ》みたいな話だけど、桐ヶ谷《きりがや》となら、おれ、できる気がする！」

遠ざかっていく桜臣《はるおみ》の肩《かた》が、一瞬《いっしゅん》、揺《ゆ》れた気がした。

言葉は間違《まちが》いなく届《とど》いたはずだ。奏輪《かなわ》は去っていく桜臣《はるおみ》に、「また学校でな！」と手を振《ふ》った。

奏輪《かなわ》と桜臣《はるおみ》。ふたりの努力は、『カザハヤサイクル』の存続《そんぞく》という形で実を結んだ。
物語は、まだ始まったばかりだ。

2話

あこがれた生き方《アイドル》

202X/04/28 Sun.

——あぁ、また転校か。

引っ越《ひ》しのトラックに積まれた段《だん》ボール箱を見て、桜臣《はるおみ》は小さなため息をついた。

桜臣《はるおみ》の父は地方創生《そうせい》コンサルタントという仕事をしている。

住民同士《どうし》の新たな交流が生まれるようなイベント事業を提案《ていあん》したり、その土地の魅力《みりょく》を広く発信して観光客を増《ふ》やす手助けをする、地域《ちいき》を活性化《かっせいか》させるためのプロデュース業だ。

父は敏腕《びんわん》コンサルタントとして引《ひ》っ張《ぱ》りだこで、いろいろな地域《ちいき》を渡《わた》り歩《ある》いている。今回は波島市《なみしまし》から依頼《いらい》を受け、五月に入ってすぐ、家族で引《ひ》っ越《こ》しをすることになった。

桜臣《はるおみ》が中学に上がったばかりということもあり、父親は単身赴任《ふにん》も検討《けんとう》していたようだが、桜臣《はるおみ》は両親に「そんな気遣《きづか》いは無用だ」ときっぱりと告《つ》げた。

父の仕事は、地域《ちいき》住民の信頼《しんらい》を積み上げるところから始まる。単身で出向くより、家族みんなで引《ひ》っ越《こ》したほうが、住民とも打《う》ち解《と》けやすいだろう。

賢《かしこ》い桜臣《はるおみ》は、自分がどう行動することが家族にとってベストなのかを常《つね》に考えていた。その結果、普通《ふつう》の学生生活や、いわゆる『青春』と呼《よ》ばれるような体験ができなくても構《かま》わないと思っていた。

「すまないな、桜臣《はるおみ》。また父さんの都合で転校させて」

桜臣《はるおみ》は、父を安心させようと首を横に振《ふ》る。

「俺《おれ》は構《かま》わないよ。あちこちの自治体から『来てくれ』って言われるのは、それだけお父さんの仕事が認《みと》められてるってことだから」

転校や引《ひ》っ越《こ》しは大変だが、父の仕事ぶりが評価《ひょうか》され、依頼《いらい》が殺到《さっとう》していることを桜臣《はるおみ》は自分のことのように嬉《うれ》しく思っていた。

前の移住先《いじゅうさき》でも、地元産の野菜のプロデュース――いわゆる『リブランディング』という、商品がもともと持つ良さを再発見《さいはっけん》してもらう仕事に熱心に取り組んだ結果、その野菜について取材が殺到《さっとう》するようになり、地元の住民から感謝《かんしゃ》されているのを見ていた。

仕事で遅《おそ》くまで帰ってこないことを寂《さび》しく思ったこともあったが、地域《ちいき》住民と一緒《いっしょ》に大仕事をやり遂《と》げ、喜《よろこ》び合《あ》う父の姿《すがた》は、そんな寂《さび》しさも吹《ふ》き飛《と》んでしまうほどに「かっこいい」ものだった。

――自分もお父さんみたいに、何か夢中《むちゅう》で打《う》ち込《こ》めるものを見つけたい。

その思いが、波島《なみしま》への転校を後押《あとお》しした。

それに、父に見せてもらった波島《なみしま》市のパンフレットでは、きれいな海や山々が紹介《しょうかい》されていた。その写真を見て、桜臣《はるおみ》は心に爽《さわ》やかな風が吹《ふ》き抜《ぬ》けたような、何か始まりそうな予感がしたのだ。

202X/05/07 Tue.

しかし、人はそう簡単《かんたん》には変われない。

転校初日。

「桐ヶ谷《きりがや》桜臣《はるおみ》。親の転勤《てんきん》の都合で波島中《なみしまちゅう》に転校してきました。以上」

素《そ》っ気《け》ない挨拶《あいさつ》をして席につく桜臣《はるおみ》を、クラスメイトたちが目を丸くして見つめていた。

桜臣《はるおみ》は、幼《おさな》い頃《ころ》から何度も転校を繰《く》り返《かえ》してきた。

それと同じ回数、友人たちとの別れを経験《けいけん》した。

小学校低学年のうちは「別れ」そのものが悲しくて、たくさん泣いた。

高学年になると、親しかった友人たちから「次第《しだい》に連絡《れんらく》が来なくなっていく」ことのほうが、よほど悲しいと気付いた。

『連絡《れんらく》するよ』『また遊ぼうぜ』

彼《かれ》らの言葉は、そのときは本心だったのだろう。

しかし、目の前から消えてしまった人間のことを気にかけ続けるのは難《むずか》しい。

そう考えた桜臣《はるおみ》は、いつからか転校先のクラスメイトに対して、壁《かべ》を作るようになっていた。

どうせしばらくしたら、別れが訪《おとず》れる。

だったら、別れが惜《お》しくなるような関係を作らなければいい。そう思ってしまったのだ。


この新天地でも、桜臣《はるおみ》は自分のスタンスを変えることができずにいた。

そんな桜臣《はるおみ》に最初に声をかけてきたのは、隣《となり》の席の男子生徒。

彼《かれ》にも、しばらくどう接《せっ》していいかわからなかった。

第一印象は明るいお調子者。

桜臣《はるおみ》が苦手な、深く考えずに勢《いきお》いだけでものごとを進めようとするタイプだ。

しかしその印象は、彼《かれ》とかかわるうちに次第《しだい》に変わっていった。

大切なものを、大切な場所を、絶対《ぜったい》に守ろうと努力を惜《お》しまない姿《すがた》に、何度も「すごい」と思わされた。

いつの間にか、苦手意識《いしき》はなくなっていた。

「夢中《むちゅう》になれるもの」を持っている人物――

それが、風早奏輪《かざはやかなわ》だった。

202X/08/10 Sat.

桜臣《はるおみ》は波島《なみしま》市の中心部に立つ比較的《ひかくてき》新しいマンションの自室で、奏輪《かなわ》との出会いを振《ふ》り返《かえ》る。

机《つくえ》の上に開かれたノートには、今後の『風早奏輪《かざはやかなわ》プロデュース計画』がびっしりと書かれていた。

社交的で、周りの人たちから愛される性格《せいかく》。

桜臣《はるおみ》の父にも、奏輪《かなわ》にも、それがあった。

桜臣《はるおみ》の父は仕事の過程《かてい》で培《つちか》ったものだと言っていたが、奏輪《かなわ》はそれが自然とできている。

周囲《しゅうい》の人の心を動かし、『カザハヤサイクル』の存続《そんぞく》を家族に決意させたその「魅力《みりょく》」は、今の桜臣《はるおみ》が持ち合わせていないものだった。

「俺《おれ》もあいつみたいな境遇《きょうぐう》だったら、普通《ふつう》に友達を作って、普通《ふつう》の学生生活を送っていたのかもな……」

ノートに書《か》き留《と》めた計画を見返しながら、誰《だれ》に言うでもなくつぶやいた。

地域密着型《ちいきみっちゃくがた》の店を経営《けいえい》する祖父《そふ》を持ち、明るく楽しい生活を送ってきた奏輪《かなわ》。

一方で、引《ひ》っ越《こ》しが多い家庭に生まれ、別れればかりを繰《く》り返《かえ》す生活の桜臣《はるおみ》。

もし、波島《なみしま》に生まれたのが、奏輪《かなわ》じゃなく自分だったら……。

自分も明るく、人懐《ひとなつ》っこい性格《せいかく》だったのだろうか。

そこまで考えて、桜臣《はるおみ》は首を振《ふ》る。

――今さら俺《おれ》はあいつのようにはなれない。

でも、俺《おれ》がなりたかった姿《すがた》をきっとあいつが見せてくれる。俺《おれ》はそれを支《ささ》えていきたい。

それが桜臣《はるおみ》の素直《すなお》な気持ちだった。

(俺《おれ》が、いつまた転校するかはわからない。だが、それまでは――)

桜臣《はるおみ》は、夢中《むちゅう》になれるもの――チャリドルのプロデュースのために、黙々《もくもく》と次の計画を練り続けた。

202X/08/26 Mon.

夏休みも終わりに差《さ》し掛《か》かった、八月の最終週。

朝食を終えた桜臣《はるおみ》が自室のベッドで読書をしていたとき、スマホの通知音が鳴った。

見ると、奏輪《かなわ》からメッセージが届《とど》いている。

『もう波島《なみしま》に帰ってきた？　大ピンチなんだ！』

奏輪《かなわ》からはしばらく連絡《れんらく》が来ていなかったので、急な内容《ないよう》に驚《おどろ》く。

実は桜臣《はるおみ》は、『カザハヤサイクル』が閉店《へいてん》の危機《きき》を乗《の》り越《こ》えたあと〝夏休みは祖父母《そふぼ》の家に遊びに行く〟と嘘《うそ》の予定を伝えていた。九月からチャリドルの活動を拡大《かくだい》していくため、桜臣《はるおみ》は時間がたっぷりとれる夏休み中に、今後のプロデュース計画を集中して練りたかったのだ。

その間は情報収集《じょうほうしゅうしゅう》期間として、奏輪《かなわ》にも今は地方アイドルの動画研究や、それをもとにした新しい動画の企画《きかく》を考えてもらっていたのだが。

「大ピンチ……？　まさか『カザハヤサイクル』に何かあったのか？」

桜臣《はるおみ》はただごとではないと思い、『すぐに行く。今どこにいるんだ？』と返事をして、学習机《がくしゅうづくえ》の横に引《ひ》っ掛《か》けてあったボディバッグに必要なものを投《な》げ込《こ》む。奏輪《かなわ》からの返信を確認《かくにん》すると、バッグを斜《なな》め掛《が》けして外に出た。

お盆《ぼん》の帰省ラッシュが落ち着いた、閑静《かんせい》な波島《なみしま》商店街を自転車で走る。

向かった先は『カザハヤサイクル』。

店に着くと、奏輪《かなわ》の祖父《そふ》の輪太郎《りんたろう》が、客から持《も》ち込《こ》まれた自転車を修理《しゅうり》している最中だった。

特に変わった様子はない。

「おお、桜臣《はるおみ》くんか。奏輪《かなわ》なら奥《おく》にいるよ」

忙《いそが》しそうに働く輪太郎《りんたろう》に挨拶《あいさつ》を済《す》ませ、店先に自転車を停《と》めさせてもらうと、桜臣《はるおみ》は奥《おく》の和室に飛《と》び込《こ》んだ。

「おい、大丈夫《だいじょうぶ》か？　何があった……」

そこまで言って、桜臣《はるおみ》はすんと言葉を止める。

部屋には先日の『ふれあい広場』のイベントで見かけた小学生たちが五人、座卓《ざたく》を囲《かこ》むように座《すわ》っていた。

奏輪《かなわ》は桜臣《はるおみ》の姿《すがた》を見て、困《こま》ったようにあはは、と笑った。

「桐ケ谷《きりがや》〜！　来てくれて助かった！　この子たちに宿題教えてくれって頼《たの》まれてさ……。手伝ってくれよ！」

「宿題……？」

肩透《かたす》かしを食《く》らった桜臣《はるおみ》は眉《まゆ》をひそめる。

てっきり、『カザハヤサイクル』に再《ふたた》び危機《きき》が訪《おとず》れたのかと思っていたが、まさか小学生たちの宿題を手伝っていたとは。

しかし、ここまで来て無視《むし》して帰るわけにもいかない。チャリドルである奏輪《かなわ》を頼《たよ》ってやって来たということは、今後、チャリドルの活動を応援《おうえん》するファンになってくれる可能性《かのうせい》だってあるのだ。

「まさかそんな理由で呼《よ》び出《だ》されるとは思っていなかったが……しかたがない」

桜臣《はるおみ》は渋々《しぶしぶ》ながらも、小学生たちの宿題を見ることにした。

座布団《ざぶとん》に座《すわ》ってドリルを眺《なが》めると、すぐさま子どもたちが寄ってくる。

「おにいちゃん、ここおしえて！」

「つぎはこっちのもんだいもおねがいー」

奏輪《かなわ》や桜臣《はるおみ》の服を引《ひ》っ張《ぱ》って、問題の解《と》きかたを尋《たず》ねる子どもたち。全員が小学校低学年ということもあり、ひとつひとつの問題は簡単《かんたん》に解《と》けるものばかりだが、一度に五人の相手をするのはなかなかに大変だった。

客からの依頼《いらい》だけでなく、子どもたちからの頼《たの》みごとも決して断《ことわ》らない奏輪《かなわ》。この性格《せいかく》は『風《かざ》早奏輪《はやかなわ》プロデュース計画』を成功させるためにも、決して失わないでいてほしい。

そんなことを考えながら、桜臣《はるおみ》は子どもたちからの質問《しつもん》にひとつひとつ素早《すばや》く答えていくのだった。


夕方、宿題を終えた子どもたちを『カザハヤサイクル』の店先で見送ったふたりは、同時にほっと息をついた。

「なんとか終わって良かった〜！　桐ケ谷《きりがや》、手伝ってくれてありがとな！」

笑顔《えがお》を向ける奏輪《かなわ》に、ふと疑問《ぎもん》が湧《わ》いて桜臣《はるおみ》が尋《たず》ねる。

「風早《かざはや》、おまえ、自分の宿題は終わってるのか？」

「え、おれ？」

さっと視線《しせん》を逸《そ》らす奏輪《かなわ》に、桜臣《はるおみ》は予想通りだとばかりに呆《あき》れて言った。

「その反応《はんのう》……まだ終わってないな」

「いやぁ、最終日には終わらせるつもりだけど、店の手伝いが忙《いそが》しくて」

ばつが悪そうに頭を掻《か》く奏輪《かなわ》に、桜臣《はるおみ》は詰《つ》め寄《よ》る。

「おまえ、『カザハヤサイクル』が閉店《へいてん》しないって決まったから、気を抜《ぬ》いているだろう」

「そ、そういうわけじゃ……」

否定《ひてい》しながらも、奏輪《かなわ》の目はまたしても桜臣《はるおみ》を避《さ》けるように泳ぐ。

そんな奏輪《かなわ》の表情《ひょうじょう》を見て、桜臣《はるおみ》は「そこに座《すわ》れ」と店先に置かれているパイプ椅子《いす》を指さした。

この時間になると客もめったに来ない。輪太郎《りんたろう》は桜臣《はるおみ》たちと入《い》れ違《ちが》いで奥《おく》の和室へと向かったので、おそらく休憩《きゅうけい》しているのだろう。

パイプ椅子《いす》のぎぃと軋《きし》む音がやけに大きく感じる。

奏輪《かなわ》が着席したのを見てから、桜臣《はるおみ》は本題を切り出した。

「このままだと、本格的《ほんかくてき》にアイドル活動をするのは厳《きび》しいかもしれないな」

桜臣《はるおみ》が夏休みの間、ずっと練り続けていた『風早奏輪《かざはやかなわ》プロデュース計画』。

奏輪《かなわ》の気を引《ひ》き締《し》めるためにも、今のうちに一部分だけでも話しておいたほうがいいだろう。

そう思って、二学期に入ってから見せるつもりだったノートをボディバッグから取り出した。

「今、俺《おれ》が考えているおまえのプロデュース計画だ。ここには九月からおまえに取り組んでもらおうと思っていたことが書いてある」

そう言って、『風早奏輪《かざはやかなわ》プロデュース計画』と書かれたノートを開く。

そこには桜臣《はるおみ》がウェブサイトや本で調べた自宅《じたく》でできるボーカルレッスンの方法や、ダンスのコツ、バズる動画企画《きかく》の作りかたなど、アイドルとしてレベルアップするために必要な情報《じょうほう》がびっしりとまとめられていた。

「……だが、おまえが勉強をおろそかにして、成績《せいせき》が落ちたりしたら計画は総崩《そうくず》れだ」

桜臣《はるおみ》はノートを閉《と》じて、じっと奏輪《かなわ》を見つめる。

「輪太郎《りんたろう》さんから聞いたぞ。おまえの両親は、おまえをずっと塾《じゅく》に通わせたがってるみたいじゃないか」

「う、うん……」

そこまで知っているなんて。

奏輪《かなわ》が思っていた以上に、輪太郎《りんたろう》は桜臣《はるおみ》のことを信頼《しんらい》しているようだ。

奏輪《かなわ》は観念して、桜臣《はるおみ》に風早家《かざはや》の方針《ほうしん》を打ち明けることにした。

もともと、奏輪《かなわ》の父は『カザハヤサイクル』のような、月々《つきづき》の収入《しゅうにゅう》にばらつきのある自営業《じえいぎょう》が好きではなかったらしい。大学は都内の学校を選び、ひとり暮《ぐ》らしをしていたそうだ。卒業後は、波島《なみしま》に戻《もど》って地元の企業《きぎょう》に勤《つと》め、結婚《けっこん》し、奏輪《かなわ》が生まれたあとも安定した生活を送っている。

自分の選択《せんたく》が間違《まちが》っていなかったと思っているからこそ、息子《むすこ》である奏輪《かなわ》にもゆくゆくは一流大学に進学してほしいと考えているのだろう。

『カザハヤサイクル』の立て直しのためにSNSやアイドルの活動をおこなう奏輪《かなわ》を、両親は「三か月だけなら」という条件《じょうけん》つきで見守ってくれた。

奏輪《かなわ》が今後もアイドル活動を続けようと思っていることを、両親は知らない。

奏輪《かなわ》は、悔《くや》しそうにうつむく。

「勉強して、良い大学に行ったほうがいいっていう父さんの考えかたは、間違《まちが》ってないと思う。でも、おれはチャリドルを続けたい」

そんな奏輪《かなわ》を見て、桜臣《はるおみ》は相槌《あいづち》を打った。

「続けるなら親御《おやご》さんの同意は絶対《ぜったい》に必要だ。未成年の俺《おれ》たちがイベントやオーディションに参加するときには、保護者《ほごしゃ》の許可《きょか》が必要な場合がほとんどだしな。両親にとって、おまえが良い大学に行くことが絶対条件《ぜったいじょうけん》なら、少なくとも学業とチャリドルの活動が両立できることは示《しめ》さなければならない」

そして、付け加えるように続ける。

「それに、アイドルにも頭の良さは求められる。社会やお金の仕組みがわかっていないと間違《まちが》った方向にセルフプロデュースしてしまうし、外国語の歌詞《かし》を歌ったり、海外のファンを増《ふ》やすためには語学力も必要だ。学業をおろそかにするデメリットのほうがはるかに大きいことは、おまえにもわかるだろう」

奏輪《かなわ》は桜臣《はるおみ》の言うことにうなずくしかなかった。

歌やダンスだけがアイドルのすべてではない。

知識《ちしき》や学力もアイドルにとっては重要な生存戦略《せいぞんせんりゃく》のひとつだ。

奏輪《かなわ》は先々のことまで考えてくれている桜臣《はるおみ》に感謝《かんしゃ》しながら、頭を下げる。

「言いづらいんだけど、おれの勉強も見てもらっていいか？」

桜臣《はるおみ》は奏輪《かなわ》の言葉にため息をつきながらも、

「そうだな。俺《おれ》の完璧《かんぺき》なプロデュース計画にケチが付いても困《こま》る」

そう言って、奏輪《かなわ》の宿題を手伝いながら、勉強を教えることを決めた。

202X/09/02 Mon.

九月。二学期が始まってすぐのこと。

結局、夏休みの最終日まで追われることになったが、奏輪《かなわ》は無事にすべての宿題を提出《ていしゅつ》することができた。

隣《となり》の席で読書をしている桜臣《はるおみ》に、奏輪《かなわ》は笑顔《えがお》で言う。

「最後まで付き合ってくれてありがとな、桐ヶ谷《きりがや》」

「気にするな」

傍《はた》から見たら無愛想《ぶあいそう》な返事だと感じるかもしれないが、今桜臣《はるおみ》が読んでいる本は一学期の頃《ころ》と違《ちが》って分厚《ぶあつ》い専門書《せんもんしょ》ではなく、芸能界《げいのうかい》のトレンドを伝える雑誌《ざっし》だった。本のチョイスからも桜臣《はるおみ》が『チャリドル』の活動を本気でプロデュースしようとしてくれていることがわかって、奏輪《かなわ》は嬉《うれ》しくなる。

そんな奏輪《かなわ》の気持ちに気付いているのかいないのか、桜臣《はるおみ》はぱたんと雑誌《ざっし》を閉《と》じて、奏輪《かなわ》に向き合った。

「それより、親御《おやご》さんにチャリドルを続けたいって伝えるんだろう。準備《じゅんび》はできているのか？」

「大丈夫《だいじょうぶ》。今夜話すつもり。ちゃんと夏休みの宿題も終わらせたし、きっとわかってくれるよ」

そう言って、笑顔《えがお》を見せる奏輪《かなわ》。

無事に許可《きょか》をもらい、ふたりはさっそく明日《あした》から本格的《ほんかくてき》にアイドルの活動を始める。

……はずだった。

その日の夜。

風早家《かざはや》では、家族三人が食卓《しょくたく》を囲《かこ》んで夕食を食べていた。

しばらく雑談《ざつだん》をしたあと、奏輪《かなわ》が切り出す。

「父さん、母さん。最近やってるアイドルの活動だけど、この先も続けたいって思ってるんだ」

両親には『カザハヤサイクル』立て直しのために、動画投稿《とうこう》や『チャリドル派遣《はけん》』という名目で地域《ちいき》でボランティア活動をしていることを伝えていた。

活動期間は三か月。そう言って見守ってもらっていたのだ。

奏輪《かなわ》は、今までのチャリドルの活動を通じて得《え》られた経験《けいけん》を両親に語る。

どう伝えれば活動の継続《けいぞく》を両親に認《みと》めてもらえるか……夏休みの宿題と並行《へいこう》して、桜臣《はるおみ》とシミュレーションを重ねてきたのだ。

「活動をサポートしてくれてる桐ヶ谷《きりがや》は頭も良いやつで、おれにいろんな知識《ちしき》を教えてくれるんだ。夏休み中も勉強を見てもらって、宿題もちゃんと終わらせたし。これからもアイドルの活動と勉強をしっかり両立させる。だから――」

「奏輪《かなわ》。そのことだけどな」

奏輪《かなわ》の父は優《やさ》しい口調で、だけどきっぱりと言った。

「アイドルの活動は、もう終わりにしなさい」

「え……」

「『カザハヤサイクル』は親父《おやじ》が続けることになったし、約束の三か月はもう過《す》ぎてるじゃないか。それとも、奏輪《かなわ》は約束を破《やぶ》るのか？」

奏輪《かなわ》の父は祖父《そふ》の輪太郎《りんたろう》に似《に》て、頑固《がんこ》な性格《せいかく》だ。そのため風早家《かざはや》では、家族間での「約束」は、ある意味、家訓ともいえる役割《やくわり》を持つものだった。

父は昔から、「約束を守れる人間になりなさい」と言っていた。

社会人として一番大事なことは、時間や締《し》め切《き》りなどの約束を守ることで、それを破《やぶ》れば周りから信じてもらえなくなる、とも。

塾《じゅく》に行くことは両親と決めた約束で、絶対《ぜったい》に守らないといけないことだった。

「そう……だよね……」

両親の言葉はどれも正論《せいろん》で、奏輪《かなわ》はそう返すのが精《せい》いっぱいだった。

チャリドルの活動を輪太郎《りんたろう》に認《みと》めてもらったことにすっかり舞《ま》い上《あ》がって、両親も同じように応援《おうえん》してくれるはずだと思《おも》い込《こ》んでいた自分が恥《は》ずかしい。

夕食後、自室に戻《もど》った奏輪《かなわ》はどさりとベッドに倒《たお》れ込《こ》む。

天井《てんじょう》を見上げ、先ほどの両親との会話をひとつひとつ反芻《はんすう》する。だが、どれだけ考えても、今の奏輪《かなわ》には両親を説得《せっとく》するための言葉が思いつかなかった。

そんな自分が悔《くや》しくて、奏輪《かなわ》の頰《ほお》を涙《なみだ》が伝う。

(ごめん桐ケ谷《きりがや》。おれ、アイドル続けられないかも……)

桜臣《はるおみ》と一緒《いっしょ》に作っていくはずだった未来が、崩《くず》れていく。

チャリドル絶体絶命《ぜったいぜつめい》の危機《きき》と共に、奏輪《かなわ》の新学期は始まった。

3話

おれたちが目指す未来《アイドル》

202X/09/03 Tue.

九月三日。新学期が始まって二日目の放課後。

奏輪《かなわ》は珍《めずら》しく、この日桜臣《はるおみ》とは一言も口を利《き》かずに家に帰ってきていた。

どうしても桜臣《はるおみ》と話す気になれなかったのだ。

早朝に『両親は説得《せっとく》できたか？』とＬＩＭＥ《ライム》が来ていたが、なんて返していいかわからない。

学校には行ったが、桜臣《はるおみ》を避《さ》けてしまい、昼休みも落ち合う約束をしていた空き教室には行かなかった。

『カザハヤサイクル』存続《そんぞく》が決まった日に、堤防《ていぼう》で桜臣《はるおみ》とした約束。

本格的《ほんかくてき》にアイドル活動を始めるという決意に、嘘偽《うそいつわ》りはなかった。

（……父さんたちとの約束を守らないといけないのはわかる。でも、今のおれにとっては、チャリドルを続けることが何よりも大事なんだ）

そうは思っていても、両親をどう説得《せっとく》したらいいのかわからなかった。こんな状況《じょうきょう》では、桜《はる》臣《おみ》を絶対《ぜったい》に失望させることになってしまう。

そのことが奏輪《かなわ》にはどうしても受け入れられず、一日だけ時間を置くことにした。

一日経《た》っても状況《じょうきょう》は変わらないのはわかっている。

だが、今の奏輪《かなわ》にはどう桜臣《はるおみ》と接《せっ》すれば良いのかが、まるでわからなかった。

制服姿《せいふくすがた》のままで勉強机《べんきょうづくえ》に腰《こし》かけ、クリアファイルにしまっていた『ふれあい広場』のチラシを眺《なが》める。

あのときは、『カザハヤサイクル』が続くことだけを願ってがむしゃらに走っていた。

家族も、桜臣《はるおみ》も、商店街のひとたちも——出会ったみんなが応援《おうえん》してくれたから、うまくいかないときもがんばれた。

また、がんばればいいじゃないか。そう思うのだけど、どうやったらがんばれるのか、奏輪《かなわ》はわからなくなっていた。

「着替《きが》えてみたら、少しは気分も変わるかな……？」

夏休みの宿題に追われて、しばらくの間休んでいたチャリドル。

前向きにがんばっていたときの気持ちを思い出そうと、奏輪《かなわ》はクローゼットから衣装《いしょう》を取り出し、袖《そで》を通してみる。

部屋にある姿見《すがたみ》の前で、くるっとターンして全身を確《たし》かめてみると、活動中の楽しかった思い出や、わくわくする気持ちが少しずつよみがえってくる。桜臣《はるおみ》と一緒《いっしょ》に、アイドル活動をもっと続けたいという想《おも》いも。

しかし結局、両親を説得《せっとく》するための言葉は思《おも》い浮《う》かばないし、桜臣《はるおみ》に現状《げんじょう》を伝える勇気も湧《わ》かないままだった。

「駄目《だめ》だなぁ……おれ」

そのとき、家のチャイムが鳴った。

奏輪《かなわ》の母が「はーい」と返事をしながら廊下《ろうか》を歩くのが聞こえてくる。宅配便《たくはいびん》か何かだろうか。

奏輪《かなわ》は母に気付かれないよう、そっと衣装《いしょう》を脱《ぬ》いで元の位置に戻《もど》した。

部屋着に着替《きが》えなおしたところで、ドア越《ご》しに母が話しかけてきた。

「奏輪《かなわ》、お友達が来てるわよ」

「友達……？」

誰《だれ》だろう、と奏輪《かなわ》は思った。

時計を見るとまだ四時をまわった頃《ころ》で、部活に所属《しょぞく》している友人が来るには早すぎる。部活に入っていないのは……。

「まさか」

バタバタと慌《あわ》てて玄関《げんかん》に向かうと、そこには奏輪《かなわ》の予想通り、桜臣《はるおみ》の姿《すがた》があった。

「おまえ、今日《きょう》ホームルームが終わったあと残ってろって先生が言ってたの、忘《わす》れて帰っただろう。夏休みの宿題が返却《へんきゃく》されたんだ。おまえが帰ってしまったからって、俺《おれ》が牧田《まきた》先生から届《とど》けるよう押《お》し付《つ》けられたんだぞ」

桜臣《はるおみ》はそう言って、リュックからプリントの入ったクリアファイルを取り出す。

「わ、悪い。届《とど》けてくれて、ありがとな」

「じゃあな」

用件《ようけん》を終えると、桜臣《はるおみ》はすぐさま踵《きびす》を返す。

その腕《うで》を、奏輪《かなわ》は慌《あわ》ててつかむ。

「ちょっと待ってくれ」

「なんだ？」

「せっかく来たんだから上がっていけよ。遠慮《えんりょ》することないからさ。ほら、宿題を見てくれたお礼もできてないし」

桜臣《はるおみ》を帰さないための言《い》い訳《わけ》だった。

理由はどうあれ、人付き合いの悪い桜臣《はるおみ》がわざわざ自宅《じたく》まで来てくれたのだ。昨日《きのう》の出来事はきちんと話さなければならない。

だが、桜臣《はるおみ》は奏輪《かなわ》の提案《ていあん》を、無愛想《ぶあいそう》に断《ことわ》った。

「急に上がられても迷惑《めいわく》だろう」

「友達が来てくれたのに、迷惑《めいわく》なんてことあるわけないだろ」

友達、という言葉に桜臣《はるおみ》がぴくりと反応《はんのう》する。

「……馴《な》れ馴《な》れしいぞ。昼間の約束はすっぽかしたくせに、よく言うな」

「それは……ごめん。でも——」

桜臣《はるおみ》の言い分はもっともで、奏輪《かなわ》は口ごもる。

でもこのまま桜臣《はるおみ》を帰してしまったら、それこそ『チャリドル』は終わってしまう気がして、奏輪《かなわ》は、桜臣《はるおみ》の腕《うで》をつかんだ手を緩《ゆる》められずにいた。

そんなふたりを見かねて、奏輪《かなわ》の母は言った。

「桐ヶ谷《きりがや》くん……よね。大したおもてなしはできないけど、宿題を持ってきてくれたお礼はさせてくれないかしら？」

母親からの提案《ていあん》に、桜臣《はるおみ》はかしこまって一礼する。

「ありがとうございます。では、少しだけお邪魔《じゃま》します」

「よかった。じゃあ、お茶とお菓子《かし》を用意するわね」

奏輪《かなわ》の母が嬉《うれ》しそうにリビングに桜臣《はるおみ》を招《まね》いたので、奏輪《かなわ》も後ろをついていく。

ふたりでリビングの食卓《しょくたく》に座《すわ》ると、奏輪《かなわ》は桜臣《はるおみ》の態度《たいど》が急変したことに口を尖《とが》らせた。

「桐ヶ谷《きりがや》って目上の人には丁寧《ていねい》だよな」

奏輪《かなわ》のお願いや提案《ていあん》は渋《しぶ》ることが多いのに、祖父《そふ》の輪太郎《りんたろう》や母の言葉にはすんなり従《したが》う姿《すがた》を見ていると、いったいどっちが本当の桐ヶ谷《きりがや》なんだろう？　と思ってしまう。

最終的には助けてくれるし、根はいいやつなことに間違《まちが》いはないのだが。

桜臣《はるおみ》はそんな奏輪《かなわ》の思いも知らず、当然だという顔で答える。

「俺《おれ》たちは家族で波島《なみしま》に越《こ》してきたばかりだからな。両親——特に父親が地域《ちいき》に溶《と》け込《こ》もうと努力しているのに、息子《むすこ》の俺《おれ》が足を引《ひ》っ張《ぱ》るわけにはいかないだろう」

「桐ヶ谷《きりがや》の父さん……？」

思わぬ登場人物に、奏輪《かなわ》は目を丸くして驚《おどろ》く。

（そういえば、桐ヶ谷《きりがや》は親の転勤《てんきん》で波島《なみしま》に来たんだったな）

あまり意識《いしき》していなかったが、桜臣《はるおみ》にも両親がいる。しかも、ひと所に落ち着く間もなく引《ひ》っ越《こ》しを繰《く》り返《かえ》すような仕事をしているというのだ。奏輪《かなわ》は引《ひ》っ越《こ》ししたことはないが、桜臣《はるおみ》の気持ちがまったく理解《りかい》できないわけではなかった。

「たしかに、無愛想《ぶあいそう》な姿《すがた》は学校の外だと見せられないよなぁ」

親思いだと素直《すなお》に褒《ほ》めるのは、かえって桜臣《はるおみ》が嫌《いや》がる気がした。奏輪《かなわ》が茶化《ちゃか》すように言うと、桜臣《はるおみ》は「まぁな」と素《そ》っ気《け》なく返した。

やがて奏輪《かなわ》の母が紅茶《こうちゃ》とクッキーを運んできて、「私《わたし》は買い物に行くから、ゆっくりしていってね」と言って出ていった。

今なら話せるかもしれない。

雑談《ざつだん》を挟《はさ》んだことで和《なご》んだ場の空気に背中《せなか》を押《お》され、奏輪《かなわ》は昨日《きのう》の夜の出来事を話そうと口を開く。

「あのさ、桐ヶ谷《きりがや》。昨日《きのう》のことなんだけど」

普段《ふだん》よりかしこまった口ぶりの奏輪《かなわ》に、桜臣《はるおみ》もクッキーを食べる手を止める。

奏輪《かなわ》は真剣《しんけん》な眼差《まなざ》しで続ける。

「昨日《きのう》、作戦通り父さんと母さんに話したんだ。だけど『チャリドルの活動は三か月だけっていう約束だっただろう』『約束を破《やぶ》るつもりなのか』って言われて……それで、アイドルを続けること、反対されたんだ」

せっかく桜臣《はるおみ》が「一緒《いっしょ》にアイドルをやろう」と言ってくれたのに。あんなにもたくさんのアイディアを考えてくれていたのに。

こんな情《なさ》けない結果を聞いてどう思うだろうか。

呆《あき》れられるかもしれない。責《せ》められるかもしれない。

奏輪《かなわ》は膝《ひざ》の上で震《ふる》える拳《こぶし》をぎゅっと握《にぎ》る。

ところが予想に反し、桜臣《はるおみ》は落ち着いた様子でゆっくりうなずく。

「そんなことだろうと思っていた」

「……え⁉」

お見通しだと言わんばかりの桜臣《はるおみ》の態度《たいど》に驚《おどろ》く奏輪《かなわ》。

「おまえのことだ。うまくいったなら昨夜《ゆうべ》のうちに、自分からＬＩＭＥ《ライム》してきただろうからな」

「あ、あはは。たしかに」

奏輪《かなわ》は桜臣《はるおみ》の賢《かしこ》さを再確認《さいかくにん》する。

「牧田《まきた》先生に言われて宿題を持ってきたと言ったが、本当はおまえの様子を探《さぐ》るために、自ら志願《しがん》したんだ」

そう言って、不敵《ふてき》に微笑《ほほえ》む。

「両親の説得《せっとく》がうまくいかず、それを俺《おれ》に言い出せない……そんなところだろうと思ってな。母親が家にいたのは誤算《ごさん》だったが、外出してくれて助かった」

「そうだったんだ……」

奏輪《かなわ》の目を覗《のぞ》き込《こ》み、桜臣《はるおみ》は一言尋《たず》ねる。

「おまえはどうしたいんだ？」

「おれは……」

奏輪《かなわ》の気持ち。

それは最初からずっと決まっていた。

「おれはアイドル、続けたい」

奏輪《かなわ》は桜臣《はるおみ》の目をまっすぐ見返す。そんな奏輪《かなわ》に、桜臣《はるおみ》はきっぱりと言った。

「だったら続ける方法を考えるしかないだろう」

「え、でも……親には反対されちゃったし……」

桜臣《はるおみ》はそんな奏輪《かなわ》に、リュックサックから『風早奏輪《かざはやかなわ》プロデュース計画』が書かれたノートを取り出して、自信ありげに告《つ》げる。

「大丈夫《だいじょうぶ》だ。おまえが両親から許可《きょか》をもらえなかった場合のプランも、当然考えてある」

奏輪《かなわ》は思わぬ言葉に、口をぽかんと開けた。

「そんなことまで考えてたのか？」

「俺《おれ》を誰《だれ》だと思っている」

勝《か》ち誇《ほこ》ったように目を細める桜臣《はるおみ》。

すぐさま、ノートの『プランB』と書かれたページを開く。

そこには奏輪《かなわ》が両親の許可《きょか》を得《え》られなかったときのことを考えて、秘密裏《ひみつり》にアイドルの活動をするための作戦が書かれていた。

「まずは、ツイスタとマイチューブの更新《こうしん》を止める。おまえの両親もチェックしているだろうからな。その代わり、『チャリドル派遣《はけん》』は無理のない範囲《はんい》で引き受けて、身近なファンを増《ふ》やそう。自転車パフォーマンスの練習も続けろよ」

「わかった。土日や放課後に、家から少し離《はな》れた公園でちゃんと練習しておくよ。『チャリドル派遣《はけん》』も、児童館とかの依頼《いらい》なら大丈夫《だいじょうぶ》だと思う」

クッキーを口に運びながら、ふたりであれこれと作戦を詰《つ》めていく。

「とはいえ、ずっとコソコソ活動するわけにもいかないからな。商店街の秋祭りに参加して、大勢《おおぜい》の客の前でチャリドルのパフォーマンスを披露《ひろう》するんだ。そこで、おまえの本気度を両親に示《しめ》すぞ」

「秋祭りって、あのお祭りだよな。毎年十月に商店街でやってる」

奏輪《かなわ》は、桜臣《はるおみ》が言《い》い間違《まちが》えたのではないかと思った。

秋祭りは波島《なみしま》商店街で毎年十月中旬《ちゅうじゅん》に催《もよお》される伝統的《でんとうてき》な行事だが、昔ながらのお祭りで、アイドルのパフォーマンスをやる場所なんてなかったからだ。

しかし、そのことも桜臣《はるおみ》は予想していたとばかりに付け加える。

「ああ。今年からその秋祭りは『波島《なみしま》オータムフェス』という名前になって内容《ないよう》が一部リニューアルするんだ。略《りゃく》して『波フェス』。その中の目玉が、地元のテレビ局が協賛《きょうさん》して開催《かいさい》されるライブステージだ」

「なんで桜臣《はるおみ》がそんなことまで知ってるんだ？」

そう言って首をかしげる奏輪《かなわ》に、桜臣《はるおみ》が答える。

「俺《おれ》の父親は地方創生《そうせい》コンサルタント――平たく言えば地域《ちいき》の魅力《みりょく》を発信するためのプロデュースを手掛《てが》けている。観光客を増《ふ》やしたり、若者《わかもの》の地元離《ばな》れを抑《おさ》えたりするために、波島《なみしま》の良さを全国に発信するのが仕事だ。今は、『波フェス実行委員会』のアドバイザーをやっている」

地方創生《そうせい》コンサルタントという仕事は奏輪《かなわ》にとって初めて聞くものだったが、桜臣《はるおみ》が転校続きの生活を送っていることには納得《なっとく》がいった。

奏輪《かなわ》も去年よりかっこいいデザインの秋祭りのチラシが、商店街のあちらこちらに貼《は》られているのは気になっていた。桜臣《はるおみ》の父親が町の人たちと協力して盛《も》り上《あ》げているのだろう。

「つまり、しばらくはおれの父さんや母さんにチャリドルの活動を隠《かく》しておいて、『波フェス』のステージで一気にお披露目《ひろめ》するってことだよな」

桜臣《はるおみ》の作戦を頭の中で整理しながら、奏輪《かなわ》は考える。

たしかに、地元の人たちが大勢《おおぜい》集まる場でチャリドルを広められるのは嬉《うれ》しいことだけど――。

『波フェス』のステージが、両親の反対意見を覆《くつがえ》すほどの効果《こうか》をもたらすとは思えなかった。

「やりたいことはわかったよ。でも、それで父さんや母さんが活動を認《みと》めてくれるかな……？」

「ふふ、向こう見ずなおまえにしては現実的《げんじつてき》だな」

「そりゃそうだよ。二人とも『現実的《げんじつてき》』をそのまま人間にしたみたいなひとなんだからさ」

困《こま》ったようにため息をつく奏輪《かなわ》。

「能天気《のうてんき》なおまえにも天敵《てんてき》がいたか」

桜臣《はるおみ》はニヤリと笑う。

「忘《わす》れるな。人の心を動かしてこそのアイドルだ。難《むずか》しく考えず、おまえは自分が得意《とくい》なことをやって認《みと》めさせれば良い。……これまで俺《おれ》たちは何をやってきた？」

桜臣《はるおみ》の言葉に、奏輪《かなわ》はハッとする。

ついこの間も、チャリドルの活動を通して輪太郎《りんたろう》に『カザハヤサイクル』を続けようと思ってもらったばかりだ。大金をかけたり、無茶《むちゃ》なことをやったりしたわけではない。そのとき自分にできることを、精《せい》いっぱいやっただけ。

それでもそんな姿《すがた》を見たひとたちが、笑顔《えがお》になってくれて、応援《おうえん》してくれて、信頼《しんらい》してくれて……。

そうか、そういうことか。

奏輪《かなわ》は意を決したように、すっくと立ち上がる。

「そうだな。やれることは全部、やるしかないよな」

「その意気だ。『波フェス』のライブステージに立つためには、事前審査《しんさ》をパスする必要があるからな。まずは急いで衣装《いしょう》を作ろう」

「衣装《いしょう》？」

てっきりパフォーマンスの練習に向かうのかと思っていた奏輪《かなわ》は、拍子《ひょうし》抜《ぬ》けしてそのまま椅《い》子《す》に座《すわ》る。

「そんなの、今のままでいいじゃん。お金だってかかるわけだし……」

そもそも、デパートで買った一万円の衣装《いしょう》だって奏輪《かなわ》にとっては大金を払《はら》って手に入れたものだ。

今までの活動の中で何度か着ているが、少しほつれた部分がある程度《ていど》で、まだまだ充分《じゅうぶん》着られそうだ。

桜臣《はるおみ》は奏輪《かなわ》をなだめるように、落ち着いた口調で続ける。

「『波フェス』では、見た目もパフォーマンスもよりアップグレードさせて、より魅力的《みりょくてき》になったチャリドルをアピールする必要があるからな。おまえの最近の動画を見ていて気付いたんだが、あの衣装《いしょう》、自転車に乗ったりダンスをするにはちょっと動きにくいんじゃないか？」

そう言って、スマホで以前撮影《さつえい》した動画を見せる。

画面の中では、衣装《いしょう》を着た奏輪《かなわ》が『カザハヤサイクル』の店内で歌とダンスを披露《ひろう》していた。

「今はスマホの撮影《さつえい》サイズに収《おさ》まるようなコンパクトな動きに限定《げんてい》してるから、視聴者《しちょうしゃ》にも気付かれていないと思うが。ステージでは、そういうわけにはいかないだろう」

「まぁ、たしかにもっと動きやすいほうがいいけど……」

思い当たるところがあって、歯切れの悪い返答をする奏輪《かなわ》。桜臣《はるおみ》は続ける。

「もちろんそれだけが理由じゃないぞ。イベントステージのような場所で、遠くからアイドルを見たときに最初に目に飛《と》び込《こ》んでくる情報《じょうほう》が、衣装《いしょう》の色や形だ。たとえば大勢《おおぜい》のメンバーがいるようなアイドルグループだと、それぞれテーマカラーがあったりするだろう？　メンバーカラー、いわゆる『メンカラ』といって、アイドル自身がその色の衣装《いしょう》を身に着けるのはもちろん、ファンも推《お》しのメンカラのグッズを持って応援《おうえん》したりする」

「へぇ……。言われてみれば、色って大事かもな」

桜臣《はるおみ》の説明に、奏輪《かなわ》はクラスの女子たちが『ペンケース、推《お》しの色にしちゃった！』と話していたのを思い出す。

「青はクールキャラ、赤は元気キャラとか、色から受け手が勝手に想像《そうぞう》するイメージもあったりするしな。ファンから自分はこういうイメージを持たれたい、という戦略《せんりゃく》で、好きな色とはまったく別の色を設定《せってい》するアイドルもいるらしい」

「たしかに、アイドルの印象とメンカラの印象がちぐはぐだと覚えにくいかも。いろいろ考えられてるんだなぁ」

「ああ。おまえにもいずれはメンカラが必要になるかもしれないが……とにかくそれくらい、衣装《いしょう》に使われる色やデザインは、アイドルのイメージを形作るうえで重要なものということだ。

デザインの面でいえば、おまえのパフォーマンスが光るのは、ダイナミックでスピード感のある動きだろう？　ステージで存分《ぞんぶん》に力を発揮《はっき》するなら、おまえの動きについてこられて、かつ見た目もスタイリッシュなデザインにしたほうがいいと俺《おれ》は思う」

衣装《いしょう》の重要性《じゅうようせい》を説く桜臣《はるおみ》に、奏輪《かなわ》も強くうなずく。

「わかった。じゃあ、まずは衣装《いしょう》だな」

「ステージでは他の出演者《しゅつえんしゃ》ともあれこれ比《くら》べられるしな。いや、そもそもステージに上がる権《けん》利《り》を獲得《かくとく》できないと話にもならない」

桜臣《はるおみ》はノートに挟《はさ》んであった『波フェス・出演者募集《しゅつえんしゃぼしゅう》』のチラシを取り出す。そこにはイベント当日のタイムスケジュールと、出演審査《しゅつえんしんさ》の詳細《しょうさい》が書かれていた。

各ステージ、交代時間も含《ふく》めて持ち時間は二十分、最大十五組の募集《ぼしゅう》がされていて、九月下《げ》旬《じゅん》——二十日後《はつかご》に締《し》め切《き》られる動画審査《しんさ》で当日の出演者《しゅつえんしゃ》を決める手はずになっている。

「十五組かぁ。まぁ、チャンネル登録者数三百人を超《こ》えたおれたちなら余裕《よゆう》だよ！　動画撮影《さつえい》も慣《な》れてるし！」

「馬鹿《ばか》を言うな。地域《ちいき》の楽団《がくだん》やバンド、ダンスグループ、劇団《げきだん》……いろんなパフォーマーがいる中でたったの十五組しか出られないんだぞ」

険《けわ》しい表情《ひょうじょう》で桜臣《はるおみ》に言われ、奏輪《かなわ》はハッとする。

波島《なみしま》中学校にもダンス部や演劇部《えんげきぶ》、軽音楽部といくつもの部活がある。

そのことを思えば、出演《しゅつえん》を狙《ねら》っている団体《だんたい》は市内だけでも優《ゆう》に百を超《こ》えるだろうことは容易《ようい》に想像《そうぞう》できる。それに奏輪《かなわ》たちのように個人《こじん》で応募《おうぼ》する者もいるのだから、倍率《ばいりつ》は十倍を超《こ》えるかもしれない。

奏輪《かなわ》は少し遅《おく》れてそのことを理解《りかい》し、頭を抱《かか》える。

「ってことは、油断《ゆだん》したら審査《しんさ》に落ちる可能性《かのうせい》もある……ってこと⁉」

「だからそう言っているだろう」

桜臣《はるおみ》は呆《あき》れたように肩《かた》をすくめる。

それでも奏輪《かなわ》が諦《あきら》めた様子を見せないことに安心して、話を進めた。

「審査《しんさ》動画にせよ、本番にせよ、技術面《ぎじゅつめん》はおまえ自身の練習が不可欠《ふかけつ》だ」

「そりゃ、練習は毎日するよ！　審査《しんさ》動画だって、今おれが見せられる最高の構成《こうせい》を考える！

チャリドルを続けていくためにも、おれはステージに立たないといけないから」

奏輪《かなわ》のまっすぐな目を見て、桜臣《はるおみ》がふっと笑う。

「パフォーマンスは心配なさそうだな。だからこそ、あとの問題は衣装《いしょう》だけなんだが……今回は既製品《きせいひん》を買うのではなく、オーダーメイドで衣装《いしょう》を作ってくれる『衣装担当《いしょうたんとう》』を見つけたいと思っている」

奏輪《かなわ》はそれを聞いて、桜臣《はるおみ》とデパートに行った日のことを思い出した。

新しく衣装《いしょう》をアップグレードしてさらにお金がかかることを考えると、頭が痛《いた》い。

「専門家《せんもんか》に頼《たの》むのが最善《さいぜん》っていうのはわかるよ、美容室《びようしつ》のときもそうだったから。でも、衣装《いしょう》を作ってくれるような店には行ったことないし……正直、小遣《こづか》いもあんまり残ってないんだけど」

「当てはある。俺《おれ》たちの希望にぴったり合う人物がいたんだ。うまくいけば、チャリドルに最《さい》適《てき》な衣装《いしょう》を格安《かくやす》で仕上げてもらえるかもしれない」

桜臣《はるおみ》はスマホで、とあるSNSアカウントを見せる。

そのアカウントには、まさにステージ映《ば》えしそうな、華《はな》やかで独創的《どくそうてき》な衣装《いしょう》の写真がずらりと掲載《けいさい》されていた。

真っ白な羽根と、星くずのように輝《かがや》くビーズがふんだんに使われたドレス。

黒い生地《きじ》に、同じく黒糸で細かな刺繍《ししゅう》が施《ほどこ》された燕尾服《えんびふく》。

レースで作られた赤い薔薇《ばら》と深緑のベールをたっぷり重ねたシルクハット。

遠目から見ても華《はな》やかで、近くで見るとその繊細《せんさい》なつくりに驚《おどろ》かされる衣装《いしょう》の数々に、服にさほど詳《くわ》しくない奏輪《かなわ》でも思わず見とれてしまう。

「全部、このアカウント主が趣味《しゅみ》でつくったハンドメイドだ」

「えっ、手作り⁉　しかも仕事じゃなくて趣味《しゅみ》で……⁉」

驚《おどろ》く奏輪《かなわ》を見て、桜臣《はるおみ》は満足げに微笑《ほほえ》んだ。

「さっそく明日《あした》の放課後に当たってみるぞ。いいな？」

「うん！」

2O2X/O9/O4 Wed.

次の日の放課後。

ふたりは『かがり洋裁店《ようさいてん》』に向かっていた。

昨日《きのう》、桜臣《はるおみ》が見せたのは、数々の裁縫《さいほう》コンクールやデザインコンテストで受賞を重ねている人物のＳＮＳアカウントだった。業界では若《わか》き天才として将来《しょうらい》を有望視《ゆうぼうし》されているらしい。

手掛《てが》ける作品はデザインから裁縫《さいほう》までそのすべてをひとりでおこなっており、新作を投稿《とうこう》するたびにバズっていた。

その人物の名は、小林和央《こばやしわお》。

現在《げんざい》中学二年生で、奏輪《かなわ》と桜臣《はるおみ》が今まさに訪《おとず》れようとしているのが、和央《わお》の実家である『かがり洋裁店《ようさいてん》』だった。

そして驚《おどろ》くべきことに『かがり洋裁店《ようさいてん》』は、波島《なみしま》中学校の学区内にある。つまり、和央《わお》はふたりの一つ上の学年の先輩《せんぱい》だったのだ。

「今回は本当にツイていた。同じ中学に、全国レベルの才能《さいのう》を持った人間がいるなんてな……。灯台下暗《とうだいもとくら》しとはまさにこのことだ」

「ほんとほんと。でもさ、裁縫《さいほう》って地味なイメージだし、学校では目立ってないいんじゃないかな。そんなすげーひとがいるなんて、聞いたことなかったし」

「おい。それ絶対《ぜったい》本人の前で言うなよ」

鋭《するど》い眼光《がんこう》で注意する桜臣《はるおみ》。

事実、全国規模《きぼ》のコンクールで受賞するほどの才能《さいのう》を持った人物なら、校舎《こうしゃ》に横断幕《おうだんまく》を掲《かか》げられたり、全校集会で活躍《かつやく》を表彰《ひょうしょう》されたりしても不思議ではないはずだ。それがないということとは、本人が辞退《じたい》したか、あるいは学校側が受賞したことを把握《はあく》していないのか……いずれにせよ、奏輪《かなわ》にとって和央《わお》は謎《なぞ》多き人物だった。

「小林先輩《こばやしせんぱい》かぁ。どんなひとなんだろう？」

ＳＮＳに投稿《とうこう》されているのは、作品の写真と作品名のみ。寄《よ》せられたコメントにレスをしている様子もない。

幸いアカウント名は本名だったため、受賞したコンクールの情報《じょうほう》を検索《けんさく》したところ、「両親は『かがり洋裁店《ようさいてん》』を経営《けいえい》しており、幼《おさな》い頃《ころ》から裁縫《さいほう》に触《ふ》れていた」というプロフィールを知ることができたのだと桜臣《はるおみ》が教えてくれた。

昼休みに二年生の教室にも行ってみたが、顔がわからない相手を探《さが》すのは難《むずか》しい。

そこで、ふたりはまず『ふれあい広場』の依頼《いらい》をしてくれた相沢《あいざわ》のもとに向かった。

偶然《ぐうぜん》にも和央《わお》は相沢《あいざわ》と同じ二年Ｃ組に在籍《ざいせき》していたが、相沢《あいざわ》いわく「一学期の途中《とちゅう》から休みがちで、新学期に入ってからも登校していない」とのこと。

結局学校では和央《わお》に会うことができず、『かがり洋裁店《ようさいてん》』を訪《たず》ねることにしたのだ。

閑静《かんせい》な住宅街《じゅうたくがい》にある一軒《けん》のお店。

ショーウィンドウに豪華《ごうか》な創作《そうさく》ドレスが飾《かざ》られているその店こそが、『かがり洋裁店《ようさいてん》』だ。

色とりどりのドレスを横目に、ふたりは自動ドアをくぐる。

「いらっしゃいませ～」

店頭では、艶《つや》のある黒髪《くろかみ》を後ろでひとつ結びにした女性《じょせい》が、作業の手を止めて出迎《でむか》えてくれた。二十代くらいだろうか。てっきり和央《わお》の親が出てくるだろうと思っていた奏輪《かなわ》は、どきどきしながら桜臣《はるおみ》に小声で言う。

「小林先輩《こばやしせんぱい》のお姉さんかな？」

「さぁな。従業員《じゅうぎょういん》を雇《やと》っている可能性《かのうせい》もあるだろう」

制服姿《せいふくすがた》のふたりを前に、店員は微笑《ほほえ》みかける。

「もしかして、わおちゃんのお友達？」

「えぇっと。友達ってわけじゃないんですけど……」

何と説明していいものか迷《まよ》っていると、桜臣《はるおみ》が助け船を出した。

「波島《なみしま》中学校一年の桐ヶ谷《きりがや》桜臣《はるおみ》といいます。こっちは同級生の風早奏輪《かざはやかなわ》。彼《かれ》はここ波島《なみしま》で、自転車に乗るアイドル――『チャリドル』をやっているんですが、その衣装《いしょう》をぜひ小林先輩《こばやしせんぱい》に作ってもらいたいと思っているんです」

「チャリドル……？」

「こういう感じのアイドルです！」

奏輪《かなわ》がスマホで『カザハヤチャンネル』のアカウントを見せて補足《ほそく》する。

店員はこれまで投稿《とうこう》してきたショート動画をしげしげと見つめて、「そうなのね〜」と感心したように言うものの、浮《う》かない顔をする。

「素敵《すてき》な動画を見せてくれてありがとうね。でも、わおちゃんは今、衣装《いしょう》を作るのが難《むずか》しいの……」

「小林先輩《こばやしせんぱい》の作品をＳＮＳで見て、ぜひにと思ったんですが……」

桜臣《はるおみ》は相手の反応《はんのう》を見て、残念そうに答えた。

だが当然、このまま引き下がるつもりはない。会話を引《ひ》き延《の》ばし、和央《わお》に取り次いでもらうチャンスを探《さぐ》る。

「そういえば小林先輩《こばやしせんぱい》、新学期に入ってからまだ学校でお見かけしていないんですが、体調を崩《くず》されているんでしょうか。ご迷惑《めいわく》でなければ、お見舞《みま》いだけでもできたらと思うのですが」

「病気ってわけじゃないんだけど……」

桜臣《はるおみ》の申し出に言葉を濁《にご》す店員。

お互《たが》いに次の言葉を探《さが》している中、店の奥《おく》から、白髪《はくはつ》の老婆《ろうば》が現《あらわ》れて言った。

「せっかくそう言ってくれているんだ。和央《わお》に会ってもらったらいいじゃないか」

「お義母《かあ》さん」

「急に割《わ》り込《こ》んでしまって悪いねぇ。話が聞こえてきたものだから」

老婆《ろうば》は腰《こし》をさすりながら、奏輪《かなわ》のほうにゆっくりと歩《あゆ》み寄《よ》ってくる。

「あたしは和央《わお》の祖母《そぼ》で『かがり洋裁店《ようさいてん》』の元店主——富江《とみえ》といいます」

富江《とみえ》と名乗った老婆《ろうば》は、『かがり洋裁店《ようさいてん》』がかつて和裁専門《わさいせんもん》だった頃《ころ》と同じく、小紋《こもん》と呼《よ》ばれる和服を着ていた。輪太郎《りんたろう》と同年代くらいだろうか。腰《こし》を痛《いた》めているようだが、和服を着こなしたその立《た》ち姿《すがた》は凜《りん》としていて、「今も店主を務《つと》めている」と言われてもなんら違和感《いわかん》がない風《ふう》格《かく》だった。

商売柄《しょうばいがら》だろう、おだやかな表情《ひょうじょう》を浮《う》かべているが、話し口調はきびきびしていて、眼光《がんこう》も鋭《するど》い。

この老婆《ろうば》には、嘘《うそ》やごまかしはいっさい通用しないだろうな——と、桜臣《はるおみ》は直感的に悟《さと》った。

「おばあちゃん、こんにちは。風早奏輪《かざはやかなわ》です」

「突然《とつぜん》お伺《うかが》いしてすみません。桐ヶ谷桜臣《きりがやはるおみ》です」

ふたりがあらためて自己紹介《じこしょうかい》をして一礼すると、富江《とみえ》はそれ以上に深々と頭を下げて、言った。

「あんたたちの依頼内容《いらいないよう》を、和央《わお》に話してみておくれ。あの子がいじめから立ち直るには、裁縫《さいほう》しかないと思うんだよ」

「いじめ……？」

衝撃的《しょうげきてき》な言葉に、思わず絶句《ぜっく》する。

ショックを受けている奏輪《かなわ》に、富江《とみえ》は続けた。

「身内のあたしが言うのもなんだけど、あの子は大人《おとな》しい子でね。学校でも黙々《もくもく》と裁縫《さいほう》ばかりしてたら、意地の悪いやつらの標的にされちまったんだよ」

「そうだったんですか……」

桜臣《はるおみ》はそれを聞いて、静かにうつむく。

相沢《あいざわ》は、和央《わお》がいじめに遭《あ》っているとは言わなかった。

奏輪《かなわ》いわく、相沢《あいざわ》は面倒見《めんどうみ》が良く正義感《せいぎかん》の強い性格《せいかく》のようだし、クラス全体でいじめを隠《かく》しているというよりは、そもそもいじめが起きていることを知らなかったのではないだろうか。

つまり、一部の人間が、他のクラスメイトにはバレないよう巧妙《こうみょう》に隠《かく》しながら和央《わお》をいじめていたということになる。

桜臣《はるおみ》の推測《すいそく》を裏付《うらづ》けるように、富江《とみえ》は和央《わお》から聞き出したという、いじめの内容《ないよう》を語った。

はじめのうちは勘違《かんちが》いか何かだろうと思っていたらしい。

最初の事件《じけん》は今年の春。二年生になってすぐのことだった。

和央《わお》が休み時間に席を外した数分の間に、刺繍《ししゅう》を刺《さ》し終えたばかりの布地《ぬのじ》がなくなったのだという。

あたりを探《さが》すと、教室のごみ箱に捨《す》てられているのを見つけた。机《つくえ》の上に出しっぱなしにしていたのは和央《わお》の不注意だし、教室の窓《まど》は開いていたから、風に飛ばされて床《ゆか》に落ちた布《ぬの》を誰《だれ》かがごみと間違《まちが》えて捨《す》ててしまったのかもしれない。

作品が見つかった安心感もあり、和央《わお》はそう自分を納得《なっとく》させ、その後も教室でせっせと刺繍《ししゅう》や裁縫《さいほう》にいそしむ日々を送っていたそうだ。

それ以来、席を外すときには道具や作品を必ずバッグにしまうようにしていたし、離《はな》れる回数も極力減《へ》らすように心掛《こころが》けた。

だが、それが逆効果《ぎゃくこうか》だったのか――嫌《いや》がらせはエスカレートしていった。

六月に入ると、トイレや教室移動《いどう》で目を離《はな》した隙《すき》に、裁縫《さいほう》道具や生地《きじ》に落書きされたり、果てには制作途中《せいさくとちゅう》の作品を切《き》り裂《さ》かれるようになった。

作品を傷《きず》つけられたことはショックだったし、バッグの中身を勝手にあさられるのも気持ちが悪い。

その頃《ころ》には実行犯《じっこうはん》のめぼしがついていた和央《わお》は、「なぜこんなことをするの？　もうやめてほしい」と三人のクラスメイトに詰《つ》め寄《よ》った。

ところが相手は「裁縫《さいほう》オタクが何か言ってやがる」とまったく取り合わなかったうえ、「小林《こばやし》に変な言いがかりをつけられて困《こま》っている」と先まわりして担任教師《たんにんきょうし》に告《つ》げ口《ぐち》をしたのだ。

担任《たんにん》はそれぞれの主張《しゅちょう》を聞いたあとで、

「でも彼《かれ》らが小林《こばやし》さんの作品を破《やぶ》ったり捨《す》てたりしている瞬間《しゅんかん》を見たわけではないんでしょう？それに小林《こばやし》さんも、学校に関係ないものを持ってくるのは感心しないわよ。ルールはきちんと守らなきゃ」

と言って、調査《ちょうさ》もしてくれなかった。

あのとき、ニヤニヤしながらこちらを眺《なが》めてきた加害生徒たちの顔が忘《わす》れられない――それからもいじめは続き、ついには学校を休みがちになってしまった。

あれほど好きだった裁縫《さいほう》もしなくなり、夏休み中も自室でぼんやりしていることが多かったという。

「ひどい……」

奏輪《かなわ》は怒《いか》りとも悔《くや》しさとも取れる表情《ひょうじょう》で話を聞いていた。

奏輪《かなわ》も和央《わお》と同じで、「好きなことを続けるための努力」は惜《お》しまない性格《せいかく》だ。

だからこそ『カザハヤサイクル』を存続《そんぞく》させるために、がむしゃらに努力を続けられた。

もしあのとき、奏輪《かなわ》に悪意を持つ誰《だれ》かが活動を邪魔《じゃま》してきていたら……きっと、どこかで心が折れていただろう。

そして、『カザハヤサイクル』は今頃《いまごろ》、閉店《へいてん》していて――。

そこまで想像《そうぞう》して、奏輪《かなわ》はぶるりと体を震《ふる》わせる。

自分には優秀《ゆうしゅう》すぎるプロデューサーで、何より最高の理解者《りかいしゃ》である桜臣《はるおみ》がいた。

和央《わお》にとって自分がそんな存在《そんざい》になれるとは思わないが、それでも「気持ちを同じくする仲間がいる」とわかるだけでも、励《はげ》ましになるかもしれない。

それに、休み時間にまで熱中するほど好きだった裁縫《さいほう》を、和央《わお》にはやめてほしくない。このまま作品を作らなくなってしまったら、ファンや家族だけでなく――きっと未来の和央《わお》自身も悲しむだろうから。

「おれ、小林先輩《こばやしせんぱい》に衣装《いしょう》づくりをお願いしてみます。好きなことをやれなくなる苦しみは、痛《いた》いほどよくわかりますから」

奏輪《かなわ》は意を決して、富江《とみえ》に言った。

富江《とみえ》は奏輪《かなわ》の目を見て、「ありがとうねぇ」と言うと、店員――和央《わお》の母に店舗《てんぽ》の二階にある和央《わお》の部屋に案内するように頼《たの》んだ。


二階に続く階段《かいだん》を上りながら、奏輪《かなわ》は和央《わお》の母に言った。

「でも、まさか店員さんが小林先輩《こばやしせんぱい》のお母さんとは思わなかったです。お姉さんかと思ってました」

和央《わお》の母は奏輪《かなわ》の言葉に、ふふふと笑う。

「ありがとう、奏輪《かなわ》ちゃん。でも、お世辞にしては大袈裟《おおげさ》すぎるんじゃないかしら？」

和央《わお》の母が若《わか》く見えるのは、『かがり洋裁店《ようさいてん》』での仕事が美的センスを求められるものだからなのかもしれない。奏輪《かなわ》がそんなことを考えていると、和央《わお》の部屋の前に着いた。

「わおちゃん！　わおちゃんに会いたいって後輩《こうはい》の子が来てるわよ～」

ノックしても返事はなかった。

和央《わお》の母はつとめて明るい表情《ひょうじょう》で「返事しないなら開けちゃうわよ」と言って、ドアを開ける。

そこには、母親のように整った顔立ちをした半裸《はんら》の少年——和央《わお》の姿《すがた》があった。

「も〜、わおちゃん、パジャマはだけてるじゃない！ いっそお洋服にちゃんと着替《きが》えましょ〜。奏輪《かなわ》ちゃんたち、ごめんなさいね！ ちょっと待ってあげてね」

母親は和央《わお》が脱《ぬ》いだパジャマを受け取ると、部屋を出てぱたぱたと階段《かいだん》を下りていく。

黙々《もくもく》と着替《きが》える和央《わお》を部屋の入り口から見て、奏輪《かなわ》が呆《ほう》けた顔をする。

「なんだ、変な顔して。しゃきっとしろ」

桜臣《はるおみ》が小声でとがめると、奏輪《かなわ》がばっと振《ふ》り向《む》いてこちらも小声で尋《たず》ねる。

「な、なぁ。小林先輩《こばやしせんぱい》って男なの⁉ 手芸好きだし、お母さんも『わおちゃん』って呼《よ》んでたし、おれ、てっきり大人《おとな》しい感じの女のひとかと……」

「はぁ？ 小林先輩《こばやしせんぱい》は男だぞ。そういえばあらためて説明していなかったかもしれないが」

「ちゃんと言えよ〜！ 別にどっちでもいいけど……びっくりしたじゃん！」

焦《あせ》った様子の奏輪《かなわ》を見て、桜臣《はるおみ》はピンときた。

部屋まで案内されている最中、奏輪《かなわ》が普段《ふだん》よりも口数が多かったのはそういうわけか。

「おまえ……女子の部屋に入ると思って、緊張《きんちょう》してたのか？」

「わ、笑うなよ～！」

肩《かた》を震《ふる》わせる桜臣《はるおみ》に、奏輪《かなわ》が耳を赤く染《そ》めて口を尖《とが》らせていると、

「おまたせ……」

と和央《わお》がふたりに声をかけた。

ベッドに腰《こし》かけた和央《わお》は、暗い色のTシャツの上に、肌触《はだざわ》りの良さそうな薄手《うすで》のカーディガンを羽織《はお》っていた。女の子と見間違《みまちが》えるほどにあどけない顔立ちの彼《かれ》は、奏輪《かなわ》たちの顔を一瞥《いちべつ》すると「誰《だれ》？」とかすれた声で問いかけた。

「小林先輩《こばやしせんぱい》、こんにちは。おれ、先輩《せんぱい》と同じ波島《なみしま》中学校一年の風早奏輪《かざはやかなわ》っていいます。こっちはクラスメイトの桐ヶ谷桜臣《きりがやはるおみ》です」

「いきなり押《お》しかけてすみません。こいつ——風早《かざはや》は、自転車に乗るアイドル『チャリドル』をやっていて、自分がそのプロデューサーをしています。今、大きなステージへの出演《しゅつえん》を目指しているところで、衣装担当《いしょうたんとう》を探《さが》していたんです。そんなときに先輩《せんぱい》のSNSアカウントを見つけて、ぜひお願いしたいと思ってお伺《うかが》いしました」

ふたりが自己紹介《じこしょうかい》をすると、和央《わお》は興味《きょうみ》なさそうに「そう」とだけつぶやく。

あまりに反応《はんのう》が薄《うす》かったので、奏輪《かなわ》は勢《いきお》い任《まか》せに懇願《こんがん》する。

「お願いします！　おれたちには先輩《せんぱい》の力が必要なんです！　チャリドルの衣装《いしょう》、作ってくれませんか？」

頭を下げてお願いするが、和央《わお》はそんな奏輪《かなわ》を見て、首を横に振《ふ》った。

「わざわざ足を運んでもらったのに悪いけど、僕《ぼく》はもう裁縫《さいほう》はやめたんだ。今も、昔の作品を処分《しょぶん》しようと思ってたところでね」

そう言って、床《ゆか》に積み上げられた段《だん》ボール箱を見まわす。

箱の中には豪華《ごうか》なドレスや目を引くデザインのシャツなどが、丁寧《ていねい》に畳《たた》んで入れられていた。

他にも作りかけのコサージュやSNSに掲載《けいさい》されていたシルクハットも見える。

富江《とみえ》の話から、そのどれもが和央《わお》が情熱《じょうねつ》と時間を惜《お》しみなく費《つい》やして作り上げたものだと想《そう》像《ぞう》し、奏輪《かなわ》は「捨《す》てるには惜《お》しすぎる」と感じた。

「小林先輩《こばやしせんぱい》はこんなに才能《さいのう》があるのに、もったいないですよ……！」

「じゃあ、好きなものを勝手に持っていって。僕《ぼく》はもう何も作る気はないから」

「あの、そうじゃなくて……」

衣装《いしょう》を捨《す》ててしまうことよりも、和央《わお》の才能《さいのう》が失われてしまうのが惜《お》しい——そう奏輪《かなわ》は伝えようとしたが、すっかり心を閉《と》ざしてしまった様子の和央《わお》に何も言えなかった。

まずい流れだと感じた桜臣《はるおみ》が、あるものを取り出す。

「先輩《せんぱい》、これを見てください。一か月ほど前に買ったチャリドルの衣装《いしょう》です」

それは、奏輪《かなわ》がイベントや動画撮影《さつえい》で繰《く》り返《かえ》し着てきたジャケットだった。衣装担当《いしょうたんとう》にも見てもらったほうがいいだろうと思い、奏輪《かなわ》に自宅《じたく》から持ってこさせていたのだ。

「既製品《きせいひん》でこいつがパフォーマンスをすると、たった一か月でこうなってしまうんです」

ジャケットには、ほつれている部分がいくつも見受けられる。

桜臣《はるおみ》も買うときに考慮《こうりょ》したつもりだったが、礼服はそもそも激《はげ》しい動きに対応《たいおう》したつくりにはなっていないのだ。結婚式《けっこんしき》やパーティーの参加者のための服なのだから、無理もない。

「衣装《いしょう》の可動域《かどういき》が、チャリドルのパフォーマンスに合っていないんだと思います。今後の活動のためには、サイズや素材《そざい》から見直す必要があると思っています」

奏輪《かなわ》もうんうんとうなずく。

動画の登録者が増《ふ》えてからは『チャリドル派遣《はけん》』でも、自転車に乗ってアイドルパフォーマンスをする依頼《いらい》が増《ふ》えてきた。そのとき、衣装《いしょう》に引《ひ》っ張《ぱ》られてうまく動けなかったり、裾《すそ》が車輪に巻《ま》き込《こ》まれてヒヤリとすることが何度かあったのだ。

桜臣《はるおみ》がさらに続ける。

「オーダーメイドには専門的《せんもんてき》な知識《ちしき》や技術《ぎじゅつ》が必要ですが、小林先輩《こばやしせんぱい》にはそれらすべてが充分《じゅうぶん》すぎるほど備《そな》わっています。先輩《せんぱい》なら『チャリドル』のコンセプトやパフォーマンス内容《ないよう》を深く理解《りかい》したうえで、こいつの良さを引き出す衣装《いしょう》を作ってもらえるかと」

「……買いかぶりすぎだよ。これまで自由に服を作ってきただけで、依頼《いらい》を受けて作ったことはないしね」

絶賛《ぜっさん》するような桜臣《はるおみ》の言葉に、和央《わお》が居心地《いごこち》悪そうに目を伏《ふ》せる。

そのやり取りを横で聞いていた奏輪《かなわ》は、きらきらと目を輝《かがや》かせて和央《わお》を見つめる。

（あれだけの衣装《いしょう》を自分ひとりの発想だけで作れるなんて、すごすぎる！　ぜったい小林先輩《こばやしせんぱい》に『チャリドル』の衣装《いしょう》を作ってもらいたい……！）

「もちろん費用がかかることも理解《りかい》しています。オーダーメイドの衣装《いしょう》は大量生産される市販《しはん》品《ひん》と異《こと》なり、材料費《ざいりょうひ》も、人件費《じんけんひ》も高額《こうがく》になる。そこで勝手ですが、一般的《いっぱんてき》なオーダーメイド費《ひ》用《よう》を参考に、今回の依頼《いらい》にかかる費用《ひよう》をふたりで試算してみました。これを見て、俺《おれ》たちの本気を感じてもらえると嬉《うれ》しいです」

桜臣《はるおみ》が和央《わお》に見せたノートにはいくつもの数式が書かれていて、最終的に平均《へいきん》して五万円ほどの費用《ひよう》がかかる計算になっていた。和央《わお》の技術《ぎじゅつ》や知名度を思えば安いぐらいだが、いずれにしても相当の覚悟《かくご》が求められる価格《かかく》だ。


前日。奏輪《かなわ》は何個《なんこ》も並《なら》ぶ『0』の桁《けた》にぎょっとしながら、桜臣《はるおみ》に詰《つ》め寄《よ》っていた。

『こんな金額《きんがく》、おれ払《はら》えないぞ!?』

『今の衣装《いしょう》に比《くら》べれば高いと思うかもしれないな。だが、一か月で既製品《きせいひん》がぼろぼろになったことを考えれば、むしろ安いくらいだ。二、三十回も着れば元が取れるだろうし、今の俺《おれ》たちの経済力《けいざいりょく》ではそのほうがいい』

もちろん俺《おれ》もプロデューサーとして半額《はんがく》を負担《ふたん》する、と付け加えながら、桜臣《はるおみ》は続けた。

『何より既製品《きせいひん》は「普段《ふだん》の生活の中で、誰《だれ》でもそれなりに似合《にあ》う」ことを目的に作られているから、「自転車に乗るアイドル」が着ることなんて想定していない。今後はパフォーマンスのあと、着替《きが》える間もなくファン対応《たいおう》をしたり、サイン会をする場面も出てくる。おまえがどれだけ完璧《かんぺき》にアイドルを演《えん》じたとしても、ほつれた服や、通気性《つうきせい》の悪い服で汗《あせ》だくの状態《じょうたい》になってしまってはファンも幻滅《げんめつ》するだろうな』

『そこまで考えてたのか……』

桜臣《はるおみ》が立てた『プロデュース計画』はもともと綿密《めんみつ》だとは思っていたけれど、まさか未来の状況《じょうきょう》にまで踏《ふ》み込《こ》んで考えているとは思っていなかった。

奏輪《かなわ》は桜臣《はるおみ》の先見性《せんけんせい》に驚《おどろ》きながらも、その考えに同意した。

『ありがとな。金額《きんがく》は決して安くないけど、払《はら》うべき対価《たいか》だってことがよくわかったよ』

昨日《きのう》のことを思い出しているうちに、桜臣《はるおみ》は費用《ひよう》の内訳《うちわけ》についての説明を終えていた。

ところが、すべての説明を聞いたあとも、和央《わお》は口元に指をあててじっとノートを見つめたまま、何も喋《しゃべ》ろうとしなかった。

奏輪《かなわ》はもう一度、頭を下げる。

「おれたち、真剣《しんけん》なんです。どうか……お願いできませんか？」

「…………」

しばらくの沈黙《ちんもく》のあと、和央《わお》は奏輪《かなわ》の衣装《いしょう》に目を移《うつ》して、言葉を選ぶように言った。

「このジャケットはかなりしっかり仕立てられてると思う。それがこんなになるなんて……。

どんなパフォーマンスをしてるのかは知らないけど、オーダーメイドを検討《けんとう》したくなる気持ちもわかるよ」

「オーダーメイドだと、そんなに違《ちが》うものなんですか？」

奏輪《かなわ》は素直《すなお》に疑問《ぎもん》を口にする。

「うん。日常《にちじょう》生活を送るだけなら量産品で充分《じゅうぶん》だと思う。今はそれなりに質《しつ》が良くてバリエーションに富《と》んだ衣服が安く手に入るから、流行に応《おう》じて気軽に買《か》い替《か》えることもできるしね。それでも、オーダーメイドに需要《じゅよう》があるのにはきちんと理由があるんだ」

和央《わお》は少しだけ表情《ひょうじょう》を明るくして、奏輪《かなわ》に説明する。

「みんな『オーダーメイドなんて一生縁《えん》がない』って思うかもしれないけど、たとえば君が今着ているその制服《せいふく》だって、学校側が校風に合わせてセミオーダーしたと言っていいものだよ。たくさんの生徒の体型を考慮《こうりょ》して既製品《きせいひん》よりも細かくサイズ分けされているから、シルエットもきれいだよね。それに三年間着られるよう、布地《ぬのじ》も丈夫《じょうぶ》なものが使われているし、縫製《ほうせい》だって丁寧《ていねい》で頑丈《がんじょう》だ」

「なるほどなぁ」

奏輪《かなわ》は今さらながら、自分が普段《ふだん》何気なく着ている制服《せいふく》のすごさを知って驚《おどろ》く。

「用途次第《ようとしだい》では、結局はオーダーメイドのほうがお得《とく》ってことになるしね。スポーツ界や君がやろうとしているアイドル業界を見てもわかるでしょ？　何かを極《きわ》めようとするなら必ずそのひとの体型、動きに合わせて、個性《こせい》や魅力《みりょく》を引き出すことに特化したユニフォームが必要になる。そして、自分に一番似合《にあ》ったものを身に着けているという自信が、そのひとを一層輝《いっそうかがや》かせるんだ」

そこまで話して、和央《わお》はハッとしたように声を詰《つ》まらせる。

「ごめん、服のことになると、つい……」

恥《は》ずかしそうにうつむく和央《わお》の手を、奏輪《かなわ》はぎゅっと握《にぎ》る。

「謝《あやま》らないでください！　話、めちゃくちゃわかりやすかったし、先輩《せんぱい》が洋服好きなの伝わってきたっていうか……。おれも自転車のことになると喋《しゃべ》りすぎちゃうし、その気持ち、よくわかるんです！」

「あ、ありがとう……」

和央《わお》は圧倒《あっとう》されたように礼を述《の》べると、奏輪《かなわ》の両手で力強く握《にぎ》られた自分の手を見つめる。

視線《しせん》の先を見た奏輪《かなわ》は、慌《あわ》てて手を離《はな》して謝《あやま》った。

「ってすみません、おれ、感動しちゃって……！」

桜臣《はるおみ》はふたりのやり取りを見て、あらためて切り出した。

「こいつはときどき失礼なことをしますが、好きなことにかける情熱《じょうねつ》は本物なんです。どうか衣装担当《いしょうたんとう》の件《けん》、引き受けてはもらえませんか」

和央《わお》は自分の中の答えを探《さぐ》るように、目を閉《と》じて考える。

和央《わお》の出した答えは――。

「ごめん。やっぱり僕《ぼく》にはできないと思う」

「そう、ですか……」

がっくりと肩《かた》を落とす奏輪《かなわ》。

和央《わお》は奏輪《かなわ》を励《はげ》ますように、顔を上げて、明るい口調で言った。

「でも、僕《ぼく》の作品を気に入ってくれたのはすごく嬉《うれ》しかったよ。僕《ぼく》は力になれないけど、おばあちゃんやお母さんに頼《たの》めば、『かがり洋裁店《ようさいてん》』が引き受けてくれると思う」

部屋の入り口で、お盆《ぼん》に飲み物を載《の》せたまま様子をうかがっていた母親に目をやり、和央《わお》が声をかける。

「そうだよね、お母さん？」

「もちろんよ。わおちゃんのお友達だもの！　お値段《ねだん》もできるだけ安く引き受けてあげる！」

「……ありがとうございます」

和央《わお》の母親に感謝《かんしゃ》の言葉を述《の》べながらも、奏輪《かなわ》はまだ諦《あきら》めてはいなかった。

「でも、おれは小林先輩《こばやしせんぱい》に衣装《いしょう》を作ってもらいたいです。また、その気になったらでいいので。おれ、待ってます」

「…………」

和央《わお》は奏輪《かなわ》の言葉に、黙《だま》って微笑《ほほえ》むばかりだった。


ふたりは結局、和央《わお》の母親にも衣装《いしょう》を発注することなく、『かがり洋裁店《ようさいてん》』を後にした。

「すげーよなぁ……」

奏輪《かなわ》がぽつりと言ったので、不思議に思って桜臣《はるおみ》は聞き返した。

「何がだ？」

「いや、小林先輩《こばやしせんぱい》の手がさ」

奏輪《かなわ》は、自分の手のひらを見つめる。

「あんな小柄《こがら》なひとなのに、めちゃくちゃ大きくて分厚《ぶあつ》い手をしてた。よく見たら細かい傷《きず》でいっぱいだったし、握《にぎ》ったら指先までガチガチで、職人《しょくにん》の手だなぁって」

今までに奏輪《かなわ》は職人《しょくにん》の手を何度も見て、身近に触《ふ》れてきた。

「じいちゃんも同じ手をしてるんだ。小林先輩《こばやしせんぱい》はおれと一個《こ》しか違《ちが》わないのに、どんだけ努力したらあんな風になるんだろうって思って」

「輪太郎《りんたろう》さんと同じ手、か」

奏輪《かなわ》は輪太郎《りんたろう》との記憶《きおく》を思い出しながら、桜臣《はるおみ》に告《つ》げる。

「おれ、どうしても小林先輩《こばやしせんぱい》にチャリドルの衣装《いしょう》を作ってほしい。小林先輩《こばやしせんぱい》があの手で作ってくれた衣装《いしょう》を着て、ステージに立ちたい」

SNSアカウントや彼《かれ》の部屋で見た、思いのこもった作品の数々。

プロの仕事を目《ま》の当《あ》たりにした今、もはや既製品《きせいひん》だけで『チャリドル』の活動をしていくことは考えられなくなってしまった。和央《わお》の衣装《いしょう》を着たら、もっと輝《かがや》ける。

奏輪《かなわ》の思いに、桜臣《はるおみ》も同意してうなずく。

「ああ。俺《おれ》も先輩《せんぱい》の作った作品を生で見て、あらためて素晴《すば》らしいと思った。あのひとに衣装《いしょう》担当《たんとう》になってもらえたら、かなりの戦力になるだろうな」

桜臣《はるおみ》が誰《だれ》かを手放しで賞賛《しょうさん》するのは珍《めずら》しい。それほどまでに和央《わお》は卓越《たくえつ》した才能《さいのう》の持ち主なのだ。

「問題は、今の俺《おれ》たちには時間がないということだ」

冷静に状況《じょうきょう》を分析《ぶんせき》しながら、桜臣《はるおみ》は結論《けつろん》を出した。

『波フェス』の審査《しんさ》用の動画も提出《ていしゅつ》しないといけないし、一旦《いったん》は今の衣装《いしょう》を使うしかないだろうな」

「そうだよなぁ。今回のステージには間に合わないとしても、いつか、小林先輩《こばやしせんぱい》の心を動かせるといいんだけど」

心を動かす。

思わず口を突《つ》いて出た言葉に、奏輪《かなわ》自身、思うところがあった。

奏輪《かなわ》は今、両親の心を動かそうと考えている。それと同じことを、和央《わお》にもできないだろうか？

「……なぁ桜臣《はるおみ》。小林先輩《こばやしせんぱい》を説得《せっとく》するための方法、わかったかもしれない」

「奇遇《きぐう》だな。俺《おれ》も同じことを考えていたところだ」

ニヤリと笑う桜臣《はるおみ》。

『風早奏輪《かざはやかなわ》プロデュース計画』のページに、新たな一項目《こうもく》が追加された。

『小林和央《こばやしわお》を衣装担当《いしょうたんとう》として引き入れるための作戦』。

奏輪《かなわ》と桜臣《はるおみ》は、すぐさま行動を始めるのだった。

202X/09/18 Wed.

「よっ……と!」

奏輪《かなわ》たちが『かがり洋裁店《ようさいてん》』を訪《おとず》れてから二週間が経《た》っていた。

海の近くにある広い公園。

そこで奏輪《かなわ》は、ほつれの目立つ礼服と自転車のヘルメットという、傍《はた》から見たら奇妙《きみょう》な組み合わせの衣装《いしょう》に身を包み、マウンテンバイクを使った新たなパフォーマンスを披露《ひろう》していた。

ふたりは『波フェス』出演《しゅつえん》に向けて、審査《しんさ》用の動画を撮影《さつえい》していたのだった。

「どうだ、チャリドルのスペシャルパフォーマンスは!」

桜臣《はるおみ》が持つスマートフォンのカメラに向かって奏輪《かなわ》が披露《ひろう》したのは、『トリック』と呼《よ》ばれるマウンテンバイクを使った曲芸と、アイドルの歌を組み合わせた新技《しんわざ》だ。前輪を浮《う》かしたまま走る『ウィリー』は、初心者向けの技《わざ》の中でも難《むずか》しいものだが、奏輪《かなわ》はそれをしながらヘッドマイクで歌うことを提案《ていあん》したのだ。

「初めて……ではないな。やったことがあるのか」

「さすがに歌いながらやるのは初めてだけど、トリックは何年か前からちょっとずつな」

奏輪《かなわ》は二、三年前からマウンテンバイクを使った表現競技《ひょうげんきょうぎ》――『バイシクルモトクロス』を、見よう見真似《みまね》で練習していた。その経験《けいけん》がチャリドル独自《どくじ》のパフォーマンスになるとは思ってもみなかったが、実際《じっさい》にやってみると想像《そうぞう》以上に見栄《みば》えする。

これまでは両足をペダルに乗せたまま立ち上がり静止する『スタンディング』や、その場でぴょんと自転車ごとジャンプする『バニーホップ』といった、基本的《きほんてき》な動きと歌を組み合わせたパフォーマンスをしてきた。

それでも自転車店の宣伝《せんでん》としては充分《じゅうぶん》だったし、チャリドル派遣先《はけんさき》でも盛《も》り上《あ》がっていたが、『波フェス』のような広いステージで見たら、やや地味な印象を受けてしまうだろう。

奏輪《かなわ》はそのあたりを意識《いしき》して、よりハイレベルな技《わざ》を使った構成《こうせい》を考えたようだ。

幼《おさな》い頃《ころ》から自転車と共にあったことで積み上げられた知識《ちしき》と経験《けいけん》、さらに奏輪《かなわ》の恵《めぐ》まれた身体能力《のうりょく》もあって、これまでよりはるかに見応《みごた》えのある動画を撮影《さつえい》することができた。

「風早《かざはや》、おまえは自転車のことになるとセンスが良いな。アイディアも悪くない」

奏輪《かなわ》の自転車さばきを見ながら、感心したように言う桜臣《はるおみ》。

「これなら少しは審査員《しんさいん》の興味《きょうみ》も引けるだろう」

「へへっ。いっつも捻《ひね》くれてる桐ヶ谷《きりがや》も、さすがに驚《おどろ》いただろ～？」

「調子に乗りすぎるなよ。ほら、通しで撮影《さつえい》するぞ」

「オッケー！」

奏輪《かなわ》はひらりとマウンテンバイクにまたがり、最初の立ち位置に戻《もど》っていく。

桜臣《はるおみ》に手を振《ふ》ったのを合図に、輪太郎《りんたろう》から借りてきたラジカセの再生《さいせい》ボタンを押《お》すと、軽快《けいかい》なイントロが流れ出した。

自転車トリックとアイドルのパフォーマンスを同時におこなう奏輪《かなわ》の姿《すがた》は、プロデューサー視点《してん》でも確《たし》かな手応《てごた》えを感じるものだった。思わず、桜臣《はるおみ》のスマホを握《にぎ》る手に力がこもる。

ふたりは絶対《ぜったい》に審査《しんさ》に通過《つうか》して、『波フェス』の大きなステージに立つ必要があった。

奏輪《かなわ》の両親を感動させるだけでなく、和央《わお》の心も動かさなくてはならないからだ。

『小林先輩《こばやしせんぱい》は衣装《いしょう》づくりのプロフェッショナル。だからこそ、そんな先輩《せんぱい》に認《みと》めてもらうためには、俺《おれ》も意識《いしき》や技術《ぎじゅつ》をプロのレベルまで高めなくちゃいけない……そう思ったんだ』

奏輪《かなわ》が二週間前に言ったことを、桜臣《はるおみ》は思い出していた。

たとえお金をいくら積んでも、和央《わお》は衣装《いしょう》を作るとは言わないだろう。今の和央《わお》は、もっと根っこの部分——裁縫《さいほう》をすること自体に、問題や不安を感じているように感じた。

チャリドルの存在《そんざい》が、和央《わお》の背《せ》を押《お》すきっかけになったらいい。

和央《わお》が「いつかチャリドルの衣装《いしょう》を作りたい」と感じて、再《ふたた》び裁縫《さいほう》に向き合いたくなるような、そんなパフォーマンスをしよう。

それがふたりの思いついた、『小林和央《こばやしわお》を衣装担当《いしょうたんとう》として引き入れるための作戦』だった。

「ふぅ……、動画は良い感じに撮《と》れた？」

パフォーマンスを終えてTシャツ姿《すがた》になった奏輪《かなわ》が、スポーツタオルで汗《あせ》をぬぐいながら尋《たず》ねる。

「ああ、バッチリ収《おさ》めたぞ」

桜臣《はるおみ》はスマホで撮影《さつえい》した映像《えいぞう》を再生《さいせい》する。

公園の一角をステージに見立て、カラーコーンを置いた長方形のエリア。

そのエリア内を、マウンテンバイクに乗った奏輪《かなわ》が縦横無尽《じゅうおうむじん》に動きながら歌う様子が記録されていた。激《はげ》しいパフォーマンスをしながらということもあって、ときどき声が途切《とぎ》れがちになるシーンはあるものの、奏輪《かなわ》は流行《はや》りの歌を最後まで歌いあげている。

「おぉ、この感じなら結果も期待できそう！」

白い歯を見せて、嬉《うれ》しそうに笑う奏輪《かなわ》。

「よし、時間もないし次の場所に向かうぞ」

ふたりにはもうひとつ、やらなくてはならないことがあった。


あの日——『かがり洋裁店《ようさいてん》』を奏輪《かなわ》たちが訪《おとず》れた次の日の放課後。

ふたりはソフトボール部の部活を終えた相沢《あいざわ》に時間をもらい、三人で空き教室に向かった。

教室に着くなり、奏輪《かなわ》は和央《わお》の話を切り出した。

『小林先輩《こばやしせんぱい》が学校に来ていないのは、いじめに遭《あ》ってたからみたいなんです』

やはり何も知らなかったのだろう。相沢《あいざわ》はクラスメイトの身に起こっていた事実に驚《おどろ》いた様子だった。悔《くや》しそうに顔をゆがませたあと、ふたりに詰《つ》め寄《よ》る。

『それ、詳《くわ》しく聞かせてもらえる？』

正義感《せいぎかん》の強い彼女《かのじょ》がこういう反応《はんのう》をするだろうことは桜臣《はるおみ》も予測《よそく》していた。だからこそ、今日ここに相沢《あいざわ》を呼《よ》び出《だ》したのだ。

『小林和央《こばやしわお》を衣装担当《いしょうたんとう》として引き入れるための作戦』として最初に取《と》り掛《か》かったこと。それは、和央《わお》を苦しめていたクラスメイトのいじめの証拠《しょうこ》を集め、学校側にあらためて真実をうったえることだった。

とはいえ、一年生である奏輪《かなわ》たちでは、二年生の生徒に話を聞いたり、勝手に教室を調べまわることもできない。二年生である相沢《あいざわ》の協力がどうしても欠かせなかった。

奏輪《かなわ》と桜臣《はるおみ》は和央《わお》の身に起きたことを説明し、相沢《あいざわ》に頭を下げた。

『先輩《せんぱい》が安心して学校に戻《もど》ってこられるように、協力してくれませんか』

相沢《あいざわ》は奏輪《かなわ》たちの想《おも》いに応《こた》えるように、力強くうなずいた。

『クラスメイトがそんなにつらい目に遭《あ》っていたのに気付けなかったなんて……。あたしにできることなら何でもやるよ』

そして、その日から二週間が経《た》ったこの日。

ついに相沢《あいざわ》から「いじめの証拠《しょうこ》を手に入れた」と、連絡《れんらく》があったのだ。

動画撮影《さつえい》を終えたふたりは『カザハヤサイクル』の店先で相沢《あいざわ》と合流すると、奥《おく》の部屋へと移動《いどう》する。

相沢《あいざわ》から見せられたのは、LIME《ライム》のグループトーク画面のスクリーンショット。

そこには、『小林《こばやし》がちまちま作ってたゴミを捨《す》ててやった』という投稿《とうこう》があった。

「あたしと同小《おなしょう》で、このグループに入ってた子が教えてくれたんだよね。次は自分が標的になると思って言えなかったみたいなんだけど、粘《ねば》り強《づよ》く聞いたら、出どころが自分だと言わないことを条件《じょうけん》に、何枚《なんまい》かスクショを送ってくれたの。明日《あした》、担任《たんにん》にこの画像《がぞう》を提出《ていしゅつ》して説明するつもり」

桜臣《はるおみ》は相沢《あいざわ》からスマホを受け取ると、奏輪《かなわ》と一緒《いっしょ》に内容《ないよう》を確《たし》かめていく。

十数人の男女で構成《こうせい》されたグループLIME《ライム》。その中の三人の生徒が、和央《わお》のことを繰《く》り返《かえ》し話題に出していた。

『小林《こばやし》？ ってやつ、毎日こそこそ席で何やってんの？ キモチワリィんだけど』

『裁縫《さいほう》でしょ。小学生の頃《ころ》から、なんか賞とかもらってたし』

『そーそー。だから作品見て～褒《ほ》めて～ってアピールしてんじゃん？』

『うざ笑 あれさ、捨《す》てちゃわね？』

『ひどすぎ笑　だが賛成笑《さんせい》』

『わおちゃん、さっき必死にゴミ箱あさってたよ笑』

証拠《しょうこ》になる発言だけを集めてもらったこともあり、奏輪《かなわ》たちが目を背《そむ》けたくなるほどに攻撃《こうげき》的《てき》な文面がずらりと並《なら》んでいる。

「何でこんなことするのかな。小林先輩《こばやしせんぱい》は何も悪いことしてないのに……」

「同調圧力《あつりょく》、というやつかもな。俺《おれ》たちは学校という集団《しゅうだん》生活の中で『みんなと同じようにしなくてはならない』と無意識《むいしき》に思ってしまっている。教室で誰《だれ》かと群《む》れるでもなく、ひとりで黙々《もくもく》と裁縫《さいほう》をしている小林先輩《こばやしせんぱい》を、そいつらは疎《うと》ましく思ったのかもしれない」

転校の多い桜臣《はるおみ》は、こういった事件《じけん》に出くわすことも珍《めずら》しくなかった。

早ければ数か月で別の学校へ転校することになる桜臣《はるおみ》自身は、在籍《ざいせき》期間が短いこともあってか、いじめの標的にされたことはない。それでも、その短い期間で違和感《いわかん》を覚えることは何度かあった。

一部のクラスメイトから露骨《ろこつ》に無視《むし》されている女の子。

毎日のように「宿題写させて」と強引《ごういん》にノートを取り上げられている男の子。

他人との関わりを避《さ》けていた桜臣《はるおみ》は、悲しそうにしている彼《かれ》らに手を差《さ》し伸《の》べるでもなく、見て見ぬふりをしていた。

その罪滅《つみほろ》ぼしというわけではないが、桜臣《はるおみ》は今回、解決《かいけつ》に向けて自分ができることはすべてやるつもりだった。

「ありがとうございます、相沢先輩《あいざわせんぱい》。これだけ証拠《しょうこ》が残っていれば、学校も動いてくれると思います。約束ということなので、相沢先輩《あいざわせんぱい》からは情報提供者《じょうほうていきょうしゃ》の名前を学校側に伝えないとしても……おそらく、当事者に近しい生徒のひとりとして、いずれ聞き取り調査《ちょうさ》が入ると思います。そのひとには、『学校側から聞き取り調査《ちょうさ》があった際《さい》には、知っていることをすべて話したほうがいい』と伝えてもらえますか？」

桜臣《はるおみ》が眼鏡《めがね》を上げてそう言うと、相沢《あいざわ》はうなずく。

「わかった。あの子も、いじめを見過《みす》ごしたことを悔《く》やんでいるからこそ、教えてくれたんだと思うし……先生たちには、正しい情報《じょうほう》を把握《はあく》してもらったほうがいいもんね」

「助かります」

いじめた本人と近しい人物から証言《しょうげん》が取れれば、小林先輩《こばやしせんぱい》への対応《たいおう》もより早まるだろう。

「それに……」

相沢《あいざわ》がにやりと笑う。

「二年の学年主任《しゅにん》は、ソフト部の顧問《こもん》もやってるんだけど——曲がったことが大嫌《だいきら》いな先生だからさ。話を聞く限《かぎ》り、うちの担任《たんにん》はいまいち信用できないし、そっちにも相談しようと思ってるんだ」

「その顧問《こもん》の先生って、牧田《まきた》先生よりも怖《こわ》い感じ？」

奏輪《かなわ》は、相沢《あいざわ》の話を聞いて担任《たんにん》の牧田《まきた》のことを思《おも》い浮《う》かべた。

相沢《あいざわ》はふふん、と鼻を鳴らして笑う。

「ふたりは同じ高校の先輩後輩《せんぱいこうはい》で、牧田《まきた》先生さえ頭が上がらないらしいよ」

「鬼《おに》コーチより怖《こわ》いなら安心だな、風早《かざはや》」

「そうだね。ありがとう、相沢先輩《あいざわせんぱい》」

教師同士《きょうしどうし》の知られざる力関係を聞いて、思わず笑うと同時に安心する奏輪《かなわ》。

牧田《まきた》以上に厳《きび》しくも正義感《せいぎかん》のある先生が、問題解決《かいけつ》に協力してくれると思うと頼《たの》もしい。

桜臣《はるおみ》も相沢《あいざわ》に「ありがとうございます」と深々とお辞儀《じぎ》をすると、向き直って奏輪《かなわ》に言った。

「いじめの問題は引き続き相沢先輩《あいざわせんぱい》に任《まか》せて、俺《おれ》たちは、俺《おれ》たちにしかできないことをやるぞ。明日《あした》からまた特訓だ」

「うん。審査《しんさ》用の動画は撮《と》り終わったし、次は本番用の二十分のパフォーマンスの練習だな」

相沢《あいざわ》は奏輪《かなわ》の背中《せなか》をバシッと叩《たた》いて激励《げきれい》する。

「あたしは、あんたたちなら審査《しんさ》に通過《つうか》するって信じてる。児童館の子どもたちも楽しみにしてたよ。がんばりな、チャリドル！」

「はい、出場権《しゅつじょうけん》を勝ち取って、最高のステージにしてみせます！」

審査《しんさ》の合格《ごうかく》を信じて、当日のパフォーマンスを楽しみにしてくれている人たちがいる。

奏輪《かなわ》は初めての大舞台《おおぶたい》を必ず成功させてみせる、と心に誓《ちか》うのだった。

202X/10/01 Tue.

十月。

夏から続く暑さがすっかり落ち着き、過《す》ごしやすい季節の折。

『かがり洋裁店《ようさいてん》』の二階にある自室で、和央《わお》はベッドに寝《ね》そべりながら、スマホで『カザハヤチャンネル』の動画を見ていた。

（最近は全然投稿《とうこう》されてないけど、忙《いそが》しいのかな）

学校にも行かず、一日中自室で過《す》ごす和央《わお》にできることなんて限《かぎ》られている。

裁縫《さいほう》をして過《す》ごしていた頃《ころ》は、一日があっという間で、授業《じゅぎょう》と授業《じゅぎょう》の間の休み時間さえ惜《お》しくて、黙々《もくもく》と針《はり》を刺《さ》していた。

今まで興味《きょうみ》のかけらもなかった動画サイトを見てぼんやりと過《す》ごす毎日は、和央《わお》にとっても不思議な感覚だった。

ここ数週間、繰《く》り返《かえ》し見ているのが『カザハヤチャンネル』の動画だ。

奏輪《かなわ》たちの申し出は断《ことわ》ったが、どんな活動をしているのか気になって動画サイトを覗《のぞ》いたら、すっかりハマってしまった。

投稿《とうこう》初期の『カザハヤチャンネル』の動画は、正直なところ見るに堪《た》えないものだった。奏輪《かなわ》は常《つね》に一生懸命《いっしょうけんめい》だったが、無編集《むへんしゅう》で上げられた動画のクオリティは低かった。奏輪《かなわ》の人《ひと》柄《がら》を知っているからこそ、応援《おうえん》する気持ちでつい見入ってしまうが、それでも、ときには見ているこちらまで恥《は》ずかしくなってしまうような失敗をしているシーンもあった。

しかし、投稿《とうこう》開始から一か月ほど経《た》つと、丁寧《ていねい》に編集《へんしゅう》された動画の投稿《とうこう》が増《ふ》えていった。

かっこいいオープニングやBGM。奏輪《かなわ》が話すシーンにはテロップが入っていた。

動画のエンディングで流れる『カザハヤサイクル』の店舗紹介《てんぽしょうかい》も温かみがあり、「いつか行ってみたい」と思わせるものになっていた。その頃《ころ》からは、奏輪《かなわ》もヘアスタイルや衣装《いしょう》を整えたことで見栄《みば》えが良くなり、パフォーマンスにもより引《ひ》き込《こ》まれるようになった。

（たぶんこのあたりで、桐ヶ谷《きりがや》くんが仲間になったんだろうな）

当時のことは知らないはずなのに、不思議と親しみ深く感じる。

風早奏輪《かざはやかなわ》と桐ヶ谷桜臣《きりがやはるおみ》。一度会っただけでは、まだふたりの関係の深いところまではわからなかったけれど、チャリドルの活動を通して、手応《てごた》えを感じたのはおそらくこのあたりなのだろう。

ふたりとも苗字《みょうじ》が『か行』から始まるから、クラスでは席が近いのかもしれないな。

自分も一年遅《おく》れて生まれていれば、ふたりのクラスメイトとして行動を共にしていたかもしれない。

部屋でひとりぼっちの和央《わお》にとって、ふたりの活動の裏側《うらがわ》を想像《そうぞう》する時間は、唯一《ゆいいつ》「ひとりじゃない」時間だった。

動画やSNS投稿《とうこう》の端々《はしばし》に新しい発見があって、思わず、動画を繰《く》り返《かえ》し何度も再生《さいせい》したくなる。

（次はこの動画を見ようかな）

それは奏輪《かなわ》が、夏休み前に『ふれあい広場』でチャリドルの活動をしたときの動画だった。お馴染《なじ》みとなった黒のフォーマル衣装《いしょう》はシルエットこそ美しいが、奏輪《かなわ》が大きく動くたび、脇《わき》や肩《かた》まわりが窮屈《きゅうくつ》そうだ。だが奏輪《かなわ》本人は気付いていないのか、子どもたちを巻《ま》き込《こ》んで一緒《いっしょ》に歌を歌っている。

途中《とちゅう》、桜臣《はるおみ》と思われる撮影者《さつえいしゃ》も奏輪《かなわ》に腕《うで》を引かれ、子どもたちの輪の中に入っていくところで動画は終わっていた。

奏輪《かなわ》は『チャリドル』を思いつき実践《じっせん》しているだけあって、自転車の知識《ちしき》が豊富《ほうふ》だ。パフォーマンスにも華《はな》があるし、周りの人たちを自然と笑顔《えがお》にしてしまう才能《さいのう》があると思う。桜臣《はるおみ》はプロデューサー兼《けん》動画編集者《へんしゅうしゃ》として、奏輪《かなわ》の良さをうまく引き出している。一番近くにいながら、客観的に相手を見る視点《してん》を持っているからこそできることだ。

だが、繰《く》り返《かえ》し動画を見れば見るほど、和央《わお》はどうしても奏輪《かなわ》の衣装《いしょう》が気になってしまう。

以前見せてもらったジャケットを思い出しながら、和央《わお》は考える。

もし自分が作るなら、どうするだろう。

(ジャージみたいに動きやすい、ストレッチ性《せい》がある素材《そざい》はどうだろう。でも、高級感があってステージでも映《は》えるような生地《きじ》にするのもおもしろいかもしれない……。いっそパーツによって質感《しつかん》を変えてみるとか？）

和央《わお》は頭の中で生地《きじ》を選び、続いてデザインを考えていく。

（目鼻立ちがはっきりしていて手足も長い風早《かざはや》くんなら、もっと派手《はで》で明るい色でも似合《にあ》うだろうな。彼《かれ》は首もすっとしていてきれいだから、少し高さのある襟《えり》でもいいよね。あと、生地《きじ》に細かなラメがちりばめられていたら、動くたびに光が反射《はんしゃ》して絶対《ぜったい》きれいだろうし。……あ、この動き！　袖《そで》の部分がヒラヒラなびくデザインはどうかな？　でも、自転車に乗ることを考えると、袖《そで》も裾《すそ》もあまり長さは出せないから……）

動画を見ているうちにアイディアが止まらなくなった和央《わお》は、机《つくえ》に置きっぱなしだったスケッチブックを手に取り、デッサンを書《か》き留《と》め始める。

しばらくの間、勢《いきお》いよく鉛筆《えんぴつ》を走らせていたが、ふと気付いて手を止めた。

「……衣装制作《いしょうせいさく》は断《ことわ》ったんだった。僕《ぼく》、何やってるんだろう」

どれだけ良いデザインを考えたって、今の和央《わお》にはそれを作ることができない。

きっかけはクラスメイト数人からの嫌《いや》がらせだった。

作品を台無しにされたときにはさすがに腹《はら》が立ったし、「やめてくれ」と本人たちにきちんと伝えた。担任《たんにん》にも助けを求めた。それでも、何も変わらなかった。

――誰《だれ》も、助けてくれない。

状況《じょうきょう》を理解《りかい》すると、不思議と抗《あらが》う気持ちはなくなってしまった。

小学生の頃《ころ》は、裁縫《さいほう》が何よりも好きな和央《わお》を「変わってるね」というひとはいても、わざわざ作品を壊《こわ》すようなひどいことをされたことはなかった。むしろ「すごいね」「今度、自分にも作りかたを教えて」と和央《わお》の周《まわ》りに輪ができることもあったほどだ。

中学校に入ると、全員が同じ制服《せいふく》を身に着ける。最初はちょっと大人《おとな》になったような、誇《ほこ》らしい気持ちもあったが、今思えば制服《せいふく》は「みんなと同じようにすることが正しい」という考えの象徴《しょうちょう》だったのかもしれない。

みんなと違《ちが》う和央《わお》は、みんなの輪には入れなかった。

そのぶん、裁縫《さいほう》にのめり込んだ。小学生の頃《ころ》は子どもが対象のコンクールにだけ応募《おうぼ》していたが、中学に入ってからは、一般《いっぱん》の部にも応募《おうぼ》するようになった。大人《おとな》に交じって審査《しんさ》され、作品が認《みと》められるのは嬉《うれ》しかった。

もっともっと良い作品を作ろう。あれも作りたいし、これも作りたい。

放課後だけでは制作《せいさく》時間が足りない和央《わお》が、学校の休み時間に裁縫《さいほう》をするのは自然なことだった。

結果的に、それが原因《げんいん》でいじめられることになったのだが。

あの日以来、和央《わお》は裁縫《さいほう》ができなくなってしまった。何かを縫《ぬ》おうとしても、手が動かない。

和央《わお》にとって裁縫《さいほう》道具は、想像《そうぞう》を現実《げんじつ》にする魔法《まほう》の道具だったのに、今では『嫌《いや》な出来事を思い出す装置《そうち》』になってしまった。

（デザインを考えても、作れないんじゃ意味がないよ）

和央《わお》は開いていたスケッチブックを閉《と》じる。

何もできない自分に嫌気《いやけ》が差して、ベッドにうずくまろうとしたとき、廊下《ろうか》から母の声がした。

「わおちゃん、お客さんよ。着替《きが》えて下に降《お》りてきて！　急いでね！」

こんなにも母が慌《あわ》てているのは珍《めずら》しい。

もしかしたらもう一度、奏輪《かなわ》たちが『かがり洋裁店《ようさいてん》』を訪《おとず》れてくれたのかもしれない。

寝間着《ねまき》から着替《きが》えて顔を洗《あら》い、階下に降《お》りると、そこには予想外の人物が立っていた。

「先生たち……、それに、相沢《あいざわ》さん……？」

「突然《とつぜん》ごめんなさいね、小林《こばやし》さん」

「小林《こばやし》とこうして話すのは初めてだな。あまり顔色が良くないけど、飯はちゃんと食えてるか？」

和央《わお》の姿《すがた》を見て、担任《たんにん》の加納《かのう》先生と、学年主任《しゅにん》の不破《ふわ》先生が声をかけてくる。

「……帰ってください」

普段《ふだん》の和央《わお》からは考えられないほど、冷たい声が出た。

場の空気が張《は》りつめる。

こちらが助けを求めたときには何もしなかったくせに、今さらどういうつもりだ。

怒《いか》りをにじませた目を加納《かのう》先生に向けると、彼女《かのじょ》はぱっと頭を下げる。

「小林《こばやし》さん。あなたがいじめに遭《あ》っていたことを放置してしまって、本当に申《もう》し訳《わけ》ありません。そのうえ、あなたのほうに非《ひ》があるような言いかたをしてしまって……なんとお詫《わ》びしたらいいか……」

「え……？」

「すまない、小林《こばやし》。遅《おそ》くなってしまったが……相沢《あいざわ》が持《も》ち込《こ》んでくれた証拠《しょうこ》と、周囲《しゅうい》の生徒の証言《しょうげん》から、いじめをおこなっていた生徒を割《わ》り出《だ》した。しかるべき対応《たいおう》をしたから、今後あいつらが、おまえに嫌《いや》がらせをすることは絶対《ぜったい》にない。おれが責任《せきにん》をもって見張《みは》る」

不破《ふわ》も深々と頭を下げる。

「ちょ、ちょっと、どういうことですか……？　なんで急に……」

「実はね、風早《かざはや》と桐ヶ谷《きりがや》が、証拠《しょうこ》をつかんでほしいって頼《たの》んできたんだ」

驚《おどろ》く和央《わお》に、相沢《あいざわ》が今までの経緯《けいい》を伝える。

「風早《かざはや》たちから話を聞いたときは驚《おどろ》いたけど……小林《こばやし》が学校に来られないままなのは絶対《ぜったい》に嫌《いや》だったから」

「よかったわね、わおちゃん！」

店を早じまいし、和央《わお》たちの様子を見守っていた和央《わお》の母は、息子《むすこ》の言い分がようやく信じてもらえたことに安堵《あんど》したのか、目に涙《なみだ》を浮《う》かべて喜《よろこ》ぶ。

「遅《おそ》すぎるくらいだけどね。事《こと》なかれ主義《しゅぎ》の学校の対応《たいおう》にしては、上出来じゃないか」

店の奥《おく》で成り行きをうかがっていた祖母《そぼ》の富江《とみえ》も出てきて、和央《わお》の肩《かた》に手を置く。毒《どく》のある言葉とは裏腹《うらはら》に、和央《わお》を見つめる目は温かい。

「相沢《あいざわ》さん、わおちゃんのために動いてくれてありがとうね」

何度も頭を下げる和央《わお》の母に、相沢《あいざわ》が戸惑《とまど》ったように手を横に振《ふ》る。

「いやいや、お礼は風早《かざはや》と桐ヶ谷《きりがや》に言ってあげてください。あのふたりに相談されなかったら、あたし、いじめがあったことにすら気付けなかったので……」

そこまで言うと相沢《あいざわ》は和央《わお》の顔を覗《のぞ》き込《こ》む。

「小林《こばやし》、気付けなくて本当にごめん。すぐにとは言わないけど、また学校に来てくれたら嬉《うれ》しい。もし何かあったら、あたしも絶対《ぜったい》すぐ駆《か》けつけるから」

拳《こぶし》を突《つ》き出《だ》し力強く宣言《せんげん》する相沢《あいざわ》に、和央《わお》も思わず笑ってしまう。

「……うん。明日《あした》からは学校に行くよ。相沢《あいざわ》さん、先生、ありがとう」

そう告《つ》げると、相沢《あいざわ》たちはほっとしたようにうなずいた。その後、先生たちは和央《わお》の母親と祖母《そぼ》と二言三言話すと学校に戻《もど》っていった。

「あのふたりにも、ちゃんとお礼をしないとねぇ」

「……そうだね」

奏輪《かなわ》と桜臣《はるおみ》には感謝《かんしゃ》の気持ちでいっぱいだ。

だが、彼《かれ》らの依頼《いらい》を断《ことわ》ってしまった今、どうやってお礼を切り出したらいいのかわからず、祖母《そぼ》に対しても歯切れの悪い返事になってしまった。

客用の椅子《いす》に座《すわ》り、和央《わお》の母親が淹《い》れた紅茶《こうちゃ》を飲んでいた相沢《あいざわ》は、そんな和央《わお》の様子に気付いて「そうそう。これ知ってた？」とスマホを差し出した。

「風早《かざはや》たち、『波フェス』のステージに立つことが決まったんだ」

そこには、色鮮《いろあざ》やかに加工された波島《なみしま》の海の写真と、おしゃれな手書きフォントで『波フェス』と掲《かか》げられたサイトが表示《ひょうじ》されていた。

和央《わお》は見慣《みな》れない言葉にきょとんとするが、「毎年やってる秋祭り、今年からその名前になったんだって」と相沢《あいざわ》が補足《ほそく》してくれたことで納得《なっとく》する。

下に画面をスワイプすると、ライブステージの出演者一覧《しゅつえんしゃいちらん》が表示《ひょうじ》される。

――『Cycle《サイクル》』。

そこには、スカイブルーのマウンテンバイクにまたがった人物の後《うし》ろ姿《すがた》がアーティスト写真として掲載《けいさい》されていた。見慣《みな》れた衣装《いしょう》に、後《うし》ろ姿《すがた》だけでも奏輪《かなわ》だとわかった。

「風早《かざはや》くん、すごい……！」

和央《わお》は思わず目を見開く。

だが、すぐにもうひとつのことに気付いた。

「あっ……」

写真に写った衣装《いしょう》は、前に見せてもらったときより、さらにくたびれているように見えた。ステージの出演者《しゅつえんしゃ》は事前にオーディションがあったようだし、審査《しんさ》に向けてたくさん練習したのだろう。衣装《いしょう》を着る回数だって、当然増《ふ》えたはずだ。

自分たちで縫《ぬ》って補強《ほきょう》せざるをえないほど、ボロボロになっていたとしてもおかしくない。

相沢《あいざわ》は和央《わお》からスマホを受け取ると、口を尖《とが》らせて言った。

「……風早《かざはや》たちも水臭《みずくさ》いよね。あっちはあっちで、活動終了《しゅうりょう》の危機《きき》なのにさ」

「？」

『波フェス』が最後のチャンスらしいよ。『カザハヤチャンネル』の投稿《とうこう》が止まってるのが気になって事情《じじょう》を聞いたんだけど、チャリドルを続けることを両親に反対されてるんだって」

「そうなの……!?」

「うん。それで、ライブステージの告知《こくち》では正体も隠《かく》してるみたい。『波フェス』に両親を招待《しょうたい》して、サプライズでパフォーマンスを見てもらって、考え直してもらうしかないって言ってた」

呆《あき》れたように相沢《あいざわ》は言う。

「ほんと、風早《かざはや》たちって馬鹿《ばか》正直《しょうじき》だよね。やりたいことを実現《じつげん》するために全力っていうか」

でも――だからこそ、あいつらって応援《おうえん》したくなっちゃうんだけどさ。

相沢《あいざわ》はそう言って、椅子《いす》から立ち上がった。

「じゃあ、また学校でね」

「……うん。来てくれてありがとう」

相沢《あいざわ》の背中《せなか》を見送ったあと、自室に戻《もど》った和央《わお》は静かに考《かんが》え込《こ》む。

自分ができるお礼は、当然チャリドルの新衣装《いしょう》を作ることだ。

(でも、今の僕《ぼく》には——その資格《しかく》があるのかな)

相沢《あいざわ》の話が事実なら、ふたりは好きなことを貫《つらぬ》くために、もがき苦しみながらも努力し続けている。

(僕《ぼく》は、一度「好きなこと」から逃《に》げてしまった。諦《あきら》めてしまった。一か月以上も針《はり》を持たずに、だらだらと過《す》ごしてしまった僕《ぼく》が、ふたりの衣装《いしょう》を作ってもいいんだろうか？)

和央《わお》は迷《まよ》っていた。

『カザハヤチャンネル』でキラキラと輝《かがや》いている奏輪《かなわ》たちを見れば見るほど、自分が関わることでその輝《かがや》きを汚《けが》してしまわないか不安だった。

(やりたいことを実現《じつげん》するために、全力、か……)

相沢《あいざわ》の言った言葉が、ずっと和央《わお》の中で引っかかっていた。

202X/10/11 Fri.

（ついに、父さんたちに言うときが来た！）

朝夕は寒さを感じる日も増《ふ》えてきた、十月中旬《ちゅうじゅん》の金曜日。

ステージ練習を終えて家に帰ってきた奏輪《かなわ》は、あるものを手に、夕食の時間を待っていた。

「父さん、母さん。晩《ばん》ごはんの前に、少しだけいいかな？」

両親が席に着くのを見計らって、奏輪《かなわ》はクリアファイルを父親に差し出した。中身は、中間テストの答案用紙だ。

実はまだ、奏輪《かなわ》は塾《じゅく》に通っていない。

本来であれば、九月の中頃《なかごろ》から通うことになっていたのだが、両親が通わせようとしてた塾《じゅく》は十一月からしか新規《しんき》の生徒を募集《ぼしゅう》していなかったらしい。両親は渋々《しぶしぶ》、奏輪《かなわ》の塾通《じゅくがよ》いを一か月半延期《えんき》することに決めた。

ステージに向けて練習をしたい奏輪《かなわ》にとっては好都合な展開《てんかい》に、桜臣《はるおみ》も「おまえ、持ってるな……」と感心したほどだった。

ただ、両親も無策《むさく》ではない。

塾通《じゅくがよ》いを延期《えんき》している期間、父親からは「自主勉強をしっかりして、次の中間テストでは平《へい》均《きん》九十点以上を取るように」と目標を言《い》い渡《わた》されていた。

奏輪《かなわ》はこの一か月、放課後になるとすぐに図書室に向かって二時間ほど集中して勉強し、そのあと公園に移動《いどう》して、暗くなるまでステージ練習を続ける……という生活を送ってきた。勉強にも練習にも、桜臣《はるおみ》は黙《だま》って付き合ってくれた。

そして今日《きょう》、その結果が返ってきたのだ。

「すごいわね、奏輪《かなわ》。やればできるじゃない！」

母親が嬉《うれ》しそうにテストの結果を見つめる。

「自主勉強の成果が出たんだ。目標、ちゃんと達成したよ」

「ほう……」

ほとんどの科目で九十点以上を取っているのを見て、感心したように父親は目を細める。

これまで奏輪《かなわ》は、『カザハヤサイクル』の手伝いやチャリドルの活動に夢中《むちゅう》で、放課後、宿題以外の勉強をほとんどしていなかった。

そのため、一学期には苦手な理系《りけい》科目で平均点《へいきんてん》を下まわる六十点台を取っていたし、他の科目も七十点から八十点くらいの間をうろうろしていた。

有名大学に進学してほしい父親が塾通《じゅくがよ》いをさせようと考えるのも、無理はない。

だけど、今回は違《ちが》った。

「桐《きり》ヶ谷《がや》や学校の先輩《せんぱい》に教えてもらいながら勉強したんだ」

学校の先輩《せんぱい》、というのは相沢《あいざわ》のことだ。

小学校と違《ちが》って、中学のテスト範囲《はんい》は広い。

放課後、桜臣《はるおみ》に教えてもらいながら必死で勉強したが、ステージ練習と並行《へいこう》しておこなうには限界《げんかい》があった。

そんなとき、『過去問《かこもん》もやっとけば、いい対策《たいさく》になるんじゃない？』と、相沢《あいざわ》が一年生だったときに受けたテストの問題用紙のコピーを渡《わた》してくれたおかげで、テスト勉強の効率《こうりつ》がぐんと上がったのだ。

相沢《あいざわ》は『児童館を盛《も》り上《あ》げてくれたのと、クラスのいじめを解決《かいけつ》してくれたお礼！』と言っていたが、お礼を言いたいのは奏輪《かなわ》のほうだった。

「良い友達を持ったんだな。でもこれは、奏輪《かなわ》自身が努力したからこそ得《え》られた結果だと思う。えらいぞ。本当によくがんばったな」

父親も笑顔《えがお》で奏輪《かなわ》を褒《ほ》める。

厳《きび》しい面もある両親だが、奏輪《かなわ》の努力を認《みと》めて褒《ほ》めてくれる姿勢《しせい》は、昔からずっと変わらない。

そんなふたりだからこそ、奏輪《かなわ》はどうしても認《みと》めてほしかったのだ。『チャリドル』を。

奏輪《かなわ》は深呼吸《しんこきゅう》すると、膝《ひざ》の上に置いていた一通の封筒《ふうとう》を机《つくえ》に載《の》せた。

「それと、もうひとつ——見せたいものがあるんだ」

きょとんとする両親を前に、封筒《ふうとう》を開けて中身を取り出す。

それは、『波フェス』ライブステージのペア招待《しょうたい》チケットだった。

「桐ヶ谷《きりがや》の父さんが、『波フェス』の運営《うんえい》に携《たずさ》わってるんだ。それで、このチケットをもらったんだけど……」

自分が出演《しゅつえん》する、ということを言わないように、言葉を選んで続ける。

「今のおれにとって、一番大事なひとがステージに出るから、ふたりにも見にきてほしいんだ」

「大事なひと……？」

両親は顔を見合わせるが、言葉通り、奏輪《かなわ》が想《おも》いを寄《よ》せているひとが出演《しゅつえん》するものだと思ったようで、「わかった、行ってみるよ」と興味津々《きょうみしんしん》といった様子で快諾《かいだく》してくれた。

胸《むね》が痛《いた》まないわけではないが、ふたりにステージを見てもらえなかったら本末転倒《ほんまつてんとう》だ。

桜臣《はるおみ》からも「中間テストの結果を見せて、両親が喜《よろこ》んでいるうちに伝えておけ」と、今日《きょう》の放課後に観覧《かんらん》チケットを手渡《てわた》された。

本来であれば、このチケットはステージ出演者《しゅつえんしゃ》の自宅《じたく》に郵送《ゆうそう》で届《とど》くものだったが、桜臣《はるおみ》が気をまわして、父親経由《けいゆ》で奏輪《かなわ》の分を学校に持ってきてくれたのだ。

桜臣《はるおみ》に心の中で感謝《かんしゃ》しながら、奏輪《かなわ》は大切なチケットを両親に手渡《てわた》す。

「これがあれば、ステージの近くの席に座《すわ》れるから。十八時までに来てね」

「奏輪《かなわ》はお友達と行くの？」

「うん、桐ケ谷《きりがや》と一緒《いっしょ》に。おれも間に合うように会場に行くから、安心してよ」

「祭りの日くらいは構《かま》わないけど、それ以外の日はちゃんと勉強するんだぞ」

「わかってる。中間テストの成績《せいせき》をキープできるようにがんばるよ」

口を酸《す》っぱくして言う父親を安心させるように奏輪《かなわ》は言うと、「いただきます」と両手を合わせた。

（よし。父さんと母さんを誘《さそ》えたし、あとはパフォーマンスをギリギリまで練習するだけだ！）

奏輪《かなわ》は気がかりだったテストを無事に終え、最後の追《お》い込《こ》みをかけようと気を引《ひ》き締《し》める。

来週末――十月十九日の十八時。

チャリドル存続《そんぞく》をかけた、大勝負が始まる。

202X/10/19 Sat.

そして、とうとう『波フェス』当日がやってきた。

例年この時期におこなわれるお祭りは、波島《なみしま》商店街に活気をもたらした。

今日《きょう》も商店街を抜《ぬ》けた先にある『魚住神社《うおずみ》』を中心に、色とりどりの屋台や出店が開かれていることだろう。商店街の飲食店も、店の軒先《のきさき》でテイクアウト用の軽食や飲み物を販売《はんばい》していて、いつもとは違《ちが》った雰囲気《ふんいき》だ。

去年までは、奏輪《かなわ》も友人たちと一緒《いっしょ》にお小遣《こづか》いを握《にぎ》りしめて祭りを満喫《まんきつ》していた。

リンゴ飴《あめ》に焼きトウモロコシ、ヨーヨーすくいに射的《しゃてき》……どれも楽しかったけど、あの頃《ころ》はまだ桜臣《はるおみ》がいなかった。

『カザハヤサイクル』の店頭でそんなことを考えながら、奏輪《かなわ》は徐々《じょじょ》に賑《にぎ》やかになる往来《おうらい》を見つめていた。

客から預《あず》かった自転車のメンテナンスをしていた輪太郎《りんたろう》が、おもむろに顔を上げる。

「いよいよだな、奏輪《かなわ》」

「うん」

緊張《きんちょう》しているのか、どこかぎこちなくうなずく奏輪《かなわ》。

輪太郎《りんたろう》はそんな奏輪《かなわ》の緊張《きんちょう》をほぐすように、優《やさ》しく語りかける。

「安心しろ。俺《おれ》も昔はよく大輔《だいすけ》とケンカしたけどな。父と子ってのは、若《わか》い頃《ころ》はお互《たが》いの意見をぶつけたくなるもんだ。意見が違《ちが》っても、心の中ではわかってくれてるさ」

「じいちゃんも父さんとケンカしたことあるの？」

「ああ。数えきれんくらいな」

ハハハと笑う輪太郎《りんたろう》を見ているうちに、奏輪《かなわ》の強張《こわば》っていた表情《ひょうじょう》もやわらいでいく。

いつだって、輪太郎《りんたろう》は奏輪《かなわ》の味方だ。

ステージ練習で帰りが遅《おそ》くなったり、休日に家を出るときは「いつも店の奥《おく》で勉強している」と、両親に怪《あや》しまれないように口裏《くちうら》を合わせてくれた。ほかにも、練習で汚《よご》れた服の洗濯《せんたく》をしてくれたり、本番に向けてマウンテンバイクをメンテナンスしてくれたり——いくら感謝《かんしゃ》してもしきれないほど、奏輪《かなわ》は輪太郎《りんたろう》に助けてもらっていた。

だからこそ、オーディションの合格《ごうかく》通知を受け取ったときは、真っ先に輪太郎《りんたろう》に伝えた。

『よかったな……本当によかった』

電話越《ご》しの祖父《そふ》の声は、震《ふる》えていた。

輪太郎《りんたろう》のそんな声を聞いたのは、初めてだった。

もちろん、今日《きょう》のチケットも渡《わた》してある。

応援《おうえん》してくれたのは、輪太郎《りんたろう》だけじゃない。

桜臣《はるおみ》も、相沢《あいざわ》も、児童館の子どもたちも。

チャリドルを応援《おうえん》してくれるひとが、たくさんいる。

——今日《きょう》のステージは、絶対《ぜったい》に成功させたい。

奏輪《かなわ》は唇《くちびる》をぎゅっと結ぶと、決心したように椅子《いす》から立ち上がった。

『カザハヤサイクル』の壁《かべ》に掛《か》けられた時計は、十六時半を指している。

桜臣《はるおみ》からは父親の伝手《つて》で『関係者パス』を受け取ったと先ほど連絡《れんらく》があり、十七時に控《ひか》え室《しつ》で直接《ちょくせつ》落ち合うことにしていた。

奏輪《かなわ》の出番はそこから一時間後の、十八時。

夜の部では六番目、全出演者《しゅつえんしゃ》十五組の中では最後から三番目とかなり後ろの出番だったが、桜臣《はるおみ》いわく『期待されている証拠《しょうこ》』だそうで、奏輪《かなわ》も自然と気合いが入る。

「ありがとうじいちゃん。おれ、行ってくるよ」

「がんばれ、奏輪《かなわ》。後で見に行くからな」

「うん！　『カザハヤサイクル』のこともしっかり宣伝《せんでん》してくるから、見てて！」

奏輪《かなわ》は輪太郎《りんたろう》にピースサインをすると、相棒《あいぼう》の自転車と共に『カザハヤサイクル』を後にした。


人混《ひとご》みのなか、慎重《しんちょう》に自転車を押《お》して進んでいく。

店から五分ほどのところにある波島《なみしま》市民会館は、祭り会場となっている『魚住《うおずみ》神社』の敷地《しきち》のすぐ隣《となり》に位置していた。祭囃子《まつりばやし》や参加者のざわめきも聞こえてくる。

普段《ふだん》は会議室として使われている一室が、今日《きょう》のライブステージ出演者《しゅつえんしゃ》の控《ひか》え室《しつ》だ。

室内で合流するなり、桜臣《はるおみ》は奏輪《かなわ》に発破《はっぱ》をかける。

「今日はおまえが両親にチャリドルを認《みと》めさせられるかどうかの正念場だ、心してかかれ」

桜臣《はるおみ》も気合いに充《み》ちていて、どことなく戦国武将《せんごくぶしょう》っぽい言いまわしに、奏輪《かなわ》は思わず吹《ふ》き出してしまった。

「何がおかしい」

「いや別に、何でもない！」

そう言いながらもこらえきれず、お腹《なか》を抱《かか》えて笑う奏輪《かなわ》。

桜臣《はるおみ》は呆《あき》れたように、「まぁ、緊張《きんちょう》でガチガチになるよりはマシか」と言った。

「それより、早く着替《きが》えておけ。後になって忘《わす》れ物《もの》に気付いた、では笑えないからな」

桜臣《はるおみ》は控《ひか》え室《しつ》の隅《すみ》に用意された仕切りカーテン――簡易更衣室《かんいこういしつ》を指さす。

奏輪《かなわ》は自前のスポーツバッグを抱《かか》えて、空いていた更衣室《こういしつ》に入る。

取り出した衣装《いしょう》は毎日の練習でボロボロだったが、和央《わお》に依頼《いらい》できなかった以上は、着慣《きな》れたもので『波フェス』をやり通そうと、事前に桜臣《はるおみ》と決めていた。

(ずいぶん使《つか》い込《こ》んじゃったけど、最後までもってくれよな)

願いを込《こ》めるように、心の中で念じる。

ジャケットにそっと袖《そで》を通し、前ボタンを一つだけ閉《し》める。最後に裾《すそ》をくいっと引いてシルエットを整えようとした、そのとき。

ビリッと、生地《きじ》の裂《さ》ける音がした。

「おい、今の音……」

慌《あわ》ててカーテンを開けた桜臣《はるおみ》は絶句《ぜっく》する。

奏輪《かなわ》のジャケットは、背中《せなか》側の中心部分がパックリと縦《たて》に裂《さ》けてしまっていたのだ。

縫製《ほうせい》がしっかりしていたおかげで完全に真っ二つになったわけではないが、このままステージに立つわけにはいかない。

奏輪《かなわ》を落ち着かせるように、すぐさま桜臣《はるおみ》は言葉を紡《つむ》いだ。

「おまえの出番まで、まだ少し時間がある。今すぐ応急処置《おうきゅうしょち》をするぞ！」

「う、うん……！」

とっさに〝時間がある〟と言った桜臣《はるおみ》だが、実際《じっさい》残された時間はわずかだ。

（あと一時間くらいか……。しまった、風早《かざはや》も俺《おれ》も裁縫《さいほう》セットは持ち歩いていない！　早くどこかで手配しないと……！）

急いで、控《ひか》え室《しつ》に居《い》あわせた他の出演者《しゅつえんしゃ》たちに裁縫《さいほう》道具を持っていないか尋《たず》ねてみる。

しかし、「ごめん、俺《おれ》は持ってないよ」とひとりが言うと、つられるように「私《わたし》もないや～」

「ごめん」「昼の部なら劇団《げきだん》チームの衣装《いしょう》さんが持ってたかもしれないけど、夜の部は演奏系《えんそうけい》が多いもんなぁ」と口々に声を上げる。

奏輪《かなわ》は出演者《しゅつえんしゃ》たちに礼を述《の》べてから、廊下《ろうか》に出てきょろきょろとあたりを見渡《みわた》す。

「スタッフのひとも見当たらないし……どうしよう」

「おそらくステージのほうに人員を割《さ》いてるんだろうな。ステージ裏《うら》のテントまで行けば相談できるだろうが、その場に裁縫《さいほう》道具があるとは限《かぎ》らない」

桜臣《はるおみ》は昼過《ひるす》ぎに会場の様子を見に行ったが、今年から祭りの内容《ないよう》が大幅《おおはば》にリニューアルしたということもあってか、メイン会場はかなり混雑《こんざつ》していた。夕方のこの時間はもっと人が増《ふ》えているだろう。

その中を何度も往復《おうふく》していては、出演《しゅつえん》時間に間に合わなくなる可能性《かのうせい》が高い。

ふたりが頭を悩《なや》ませていると、ワックスで髪《かみ》を固めたバンドのメンバーのひとりが思いついたように言った。

「ガムテープを使ってみたらどうだ？　布地《ぬのじ》にも使えるような粘着力《ねんちゃくりょく》が強いやつを生地《きじ》の裏側《うらがわ》から貼《は》り付《つ》ければ、一ステージくらいはもつと思うぞ」

奏輪《かなわ》はそれを聞いて、商店街に馴染《なじ》みの文具店があるのを思い出した。

「あ、ありがとうございます！　ガムテープなら……角家《かどや》のおばあちゃんの店に売ってるはず！」

「よし。すぐに案内してくれ」

ふたりは破《やぶ》れたジャケットを手に、市民会館を飛び出す。

シャッターが下ろされた『カザハヤサイクル』の前を通《とお》り過《す》ぎ、商店街の入り口に向かって、人の流れに逆行《ぎゃっこう》する形で進んでいく。ようやく目的の店にたどり着くと、店頭には達筆な毛筆で『文具の角家《かどや》』と書かれた看板《かんばん》があった。

「片道《かたみち》十分か。ぎりぎりだな」

時計を気にしながら、桜臣《はるおみ》は言う。

「着替《きが》えや準備《じゅんび》にかかる時間を考えると、修理《しゅうり》にかけられる時間は二十分もないぞ」

「わかった。急ぐよ。……角家《かどや》のおばあちゃん、ちょっといい？」

ちょうど店じまいをしようとしていた老婆《ろうば》に奏輪《かなわ》が声をかけると、老婆《ろうば》は「あらあら、お久《ひさ》しぶりね」と嬉《うれ》しそうに応《こた》えた。普段《ふだん》なら世間話をしているところだが、今はそんな場合ではない。奏輪《かなわ》はジャケットの破《やぶ》れた箇所《かしょ》を見せながら、単刀直入に尋《たず》ねる。

「この服、破《やぶ》れちゃって。生地《きじ》の裏側《うらがわ》からテープか何かで留《と》めたいんだけど、布《ぬの》に貼《は》れるガムテープとかってある？」

「応急処置《おうきゅうしょち》でいいなら、ちょうど良さそうなテープがたしかあっちの棚《たな》にあったはずよ」

「ありがとう！　なんて名前のやつ？　おれも一緒《いっしょ》に探《さが》すよ！」

店内を早足で歩きまわり、目的のものを探《さが》す。

ほどなくして、売り場に置かれていた布《ぬの》用テープを見つけると、すぐさまレジに向かい支払《しはら》いを済《す》ませる。

「角家《かどや》のおばあちゃん。ここで直していっていいかな？」

「ええ。もちろんよ、そこの作業台を使ってくれていいわ」

「ありがとう！」

老婆《ろうば》に頼《たの》んで作業台を借りると、すぐさまジャケットを広げた。生地《きじ》の破《やぶ》れかかった部分を、裏地《うらじ》の側からテープで貼《は》り合《あ》わせていく。奏輪《かなわ》はジャケットを羽織《はお》り、桜臣《はるおみ》に見せるようにその場でくるりと一回転した。

「どうだ桐ヶ谷《きりがや》。これならいけるだろ！」

「ああ。ステージまで残り二十分と少し。本番にはなんとか間に合いそうだな」

それを聞いて安心した奏輪《かなわ》は、桜臣《はるおみ》に背《せ》を向け、素早《すばや》く作業台を片付《かたづ》けていく。

手伝おうと手を伸《の》ばしたところで、桜臣《はるおみ》はふと、衣装《いしょう》を着た奏輪《かなわ》の背中《せなか》が窮屈《きゅうくつ》そうなことに気付いた。

(デパートで試着させたときは、たしかにジャストサイズだったはずだが……)

破《やぶ》れたところを応急処置《おうきゅうしょち》しているぶん、生地《きじ》がつってしまうのは仕方がない。だがよく見ると、ジャケットの裾《すそ》だけでなく、袖口《そでぐち》も寸足《すんた》らずなのだ。

「おい風早《かざはや》。おまえ、この春から何センチ身長が伸《の》びたんだ?」

「? 五センチくらいだったと思うけど……」

桜臣《はるおみ》は切れ長の目を丸くした。

質問《しつもん》の意図をつかめず、そのままあっけらかんと奏輪《かなわ》は答える。

「二学期始めの身体測定《そくてい》で、そのぐらい伸《の》びてた感じ、かな……?」

記憶《きおく》を頼《たよ》りに答えると、桜臣《はるおみ》は「はぁ」と深くため息をついた。

「気付かなかった俺《おれ》も馬鹿《ばか》だが、そういうことは早く言ってくれ……」

あまりの時間のなさに、桜臣《はるおみ》は眉間《みけん》にしわを寄《よ》せて後悔《こうかい》する。

六月時点でぴったりだった服が、奏輪《かなわ》の成長に応《おう》じてすっかり合わなくなってしまっていた——そのことは、普段《ふだん》行動を共にしている桜臣《はるおみ》にとって盲点《もうてん》だった。

奏輪《かなわ》の身長だけが伸《の》びていたなら、目線の高さの変化で気付けたかもしれない。しかし、桜《はる》臣《おみ》も同じように少し背《せ》が伸《の》びていたために、気付けなかったのだ。

衣装《いしょう》の劣化《れっか》が想定より早いとは思っていたが、こんな根本的な原因《げんいん》があったとは。

今さら慌《あわ》てても、どうすることもできない。

そうわかっていても、何か解決策《かいけつさく》はないか、桜臣《はるおみ》は必死に思考を巡《めぐ》らせる。

（このまま出演《しゅつえん》させるしかないのか？　だが、それではこいつの魅力《みりょく》は伝わらない――）

ステージまで残り十五分。

「……急いで会場に向かうぞ」

桜臣《はるおみ》はそう言うことしかできなかった。


市民会館の駐輪場《ちゅうりんじょう》に停《と》めていたマウンテンバイクを回収《かいしゅう》し、ステージ裏《うら》に向かう。

途中《とちゅう》、ライブステージの観覧席《かんらんせき》横を通りかかった奏輪《かなわ》は、客席に両親がいるのを見かけた。

（ふたりとも来てくれてる。良かった）

最前列で両親が見ていたのは、先ほど「ガムテープを使ったら」とアドバイスをくれた男性《だんせい》を含《ふく》む、四人組バンドの演奏《えんそう》だった。彼《かれ》らは観客の手拍子《てびょうし》に乗りながら、奏輪《かなわ》も知っている名曲のコピーを披露《ひろう》している。

(すごい……)

彼《かれ》らはプロなのだろうか。それともアマチュアでもこれだけ高いレベルなのだろうか。

年上の出演者《しゅつえんしゃ》たちによるステージは、想像《そうぞう》よりもはるかに完成度が高かった。

奏輪《かなわ》はごくりとつばを飲《の》み込《こ》む。

(こんなひとたちの後に出るのか、おれ……)

そこで、ふと気付く。

これだけの観客の前でステージに立つのは、奏輪《かなわ》にとって人生で初めてのことだ。

他の出演者《しゅつえんしゃ》は、きっと場数を踏《ふ》み、ステージ慣《な》れしたひとたちだろう。それに比《くら》べて、今の奏輪《かなわ》はライブの経験《けいけん》もなければ、パフォーマンスの練習期間だってほんの一か月程度《ていど》だ。

それなのに、このステージでチャリドルの運命が決まってしまう。

その事実に、奏輪《かなわ》の手はじっとりと汗《あせ》ばみ、脚《あし》もがくがくと震《ふる》え始める。

「桐ケ谷《きりがや》、おれ――」

つい弱音を吐《は》きそうになったが、隣《となり》を見て奏輪《かなわ》は言葉を呑《の》み込《こ》む。

桜臣《はるおみ》も奏輪《かなわ》と同じく、険《けわ》しい表情《ひょうじょう》をしていたからだ。

(ステージが怖《こわ》いのは、おれだけじゃないよな)

奏輪《かなわ》は迷《まよ》いを吹《ふ》っ切《き》るように、自分の胸《むね》に拳《こぶし》を当てる。

「おれ、がんばってくるよ」

「……頼《たの》むぞ」

決死の覚悟《かくご》でうなずく奏輪《かなわ》。

ステージ上では、バンドのボーカルが次で最後の曲であることを告《つ》げている。

出番まで、残り五分を切った。

あとは出たとこ勝負だ。そう奏輪《かなわ》が思いながら、応急処置《おうきゅうしょち》を施《ほどこ》した衣装《いしょう》でステージ裏《うら》にまわろうと一歩踏《ふ》み出《だ》した。

そのとき、人混《ひとご》みの中から声がした。

「風早《かざはや》くん!」

「小林《こばやし》、先輩《せんぱい》……?」

人混《ひとご》みを掻《か》きわけて駆《か》け寄《よ》ってきたのは、和央《わお》だった。

和央《わお》は奏輪《かなわ》の前までやってくると、胸《むね》に抱《かか》えた紙袋《かみぶくろ》を差し出す。

中を覗《のぞ》くと、そこには一着のジャケットが入っていた。

「これは……」

和央《わお》は笑顔《えがお》でうなずき、そして言った。

「風早《かざはや》くん。それを着て最高のチャリドルを見せてよ」

「先輩《せんぱい》、あの、おれ……」

伝えたいことはたくさんあるのに、思いがあふれてうまく言葉が出てこない。

そんな奏輪《かなわ》を見かねて、桜臣《はるおみ》が声をかける。

「風早《かざはや》、礼はあとだ。時間がない。せっかくの先輩《せんぱい》の厚意《こうい》を無駄《むだ》にする気か？」

その言葉に落ち着きを取《と》り戻《もど》した奏輪《かなわ》は、素早《すばや》くジャケットを着替《きが》える。

和央《わお》が作った新衣装《いしょう》は、高く折り返った襟《えり》と、胸前《むねまえ》のブレードが特徴的《とくちょうてき》な『ナポレオンジャケット』と呼《よ》ばれるものだった。真っ赤な生地《きじ》に、金色の留《と》め具《ぐ》が輝《かがや》いている。

シルエットは細身で奏輪《かなわ》の腕《うで》をすらっと長く見せるが、伸縮性《しんしゅくせい》がある生地《きじ》で作られているため動きやすい。奏輪《かなわ》がその場で軽く腕《うで》を上げたり、肩《かた》をぐるりと回しても、生地《きじ》が引《ひ》っ張《ぱ》られるような感覚はなかった。

さらに腕《うで》を上げたときには、袖口《そでぐち》からプリーツ加工された薄手《うすで》の布《ぬの》が覗《のぞ》く。ひらひら揺《ゆ》れるその布《ぬの》は、ラメが入っているのだろう。角度によって別の色に見えるため、奏輪《かなわ》の動きに合わせてさまざまな色合いで観客を楽しませられそうだ。

（動きやすい！　これなら全力でパフォーマンスできる！）

奏輪《かなわ》は桜臣《はるおみ》と目を合わせてうなずきあったあと、和央《わお》に深々と頭を下げてステージ裏《うら》に走っていった。


その場に残された和央《わお》は、ふふ、と笑って桜臣《はるおみ》に言う。

「風早奏輪《かざはやかなわ》くん、か——。彼《かれ》、すごいやつだね。エネルギーの塊《かたまり》っていうか。今まで見たどんなひとよりも、明るくて華《はな》があって、周りを元気にする」

「まぁ、そのぶん俺《おれ》は振《ふ》りまわされてばかりですけどね」

桜臣《はるおみ》は苦笑《くしょう》しつつも、和央《わお》の様子をうかがう。

「小林先輩《こばやしせんぱい》も、あいつに心を動かされましたか？」

和央《わお》はその問いかけに、小さくうなずく。

それから、ステージに視線《しせん》を移《うつ》してはっきりと言った。

「だけど、チャリドルはまだこれからだよ。僕《ぼく》の衣装《いしょう》と、君のプロデュース。そして、風早《かざはや》くんのパフォーマンス。そのすべてが揃《そろ》ってこそ、最高の姿《すがた》が見られるんじゃないかな」

初めて強気な表情《ひょうじょう》を見せた和央《わお》に、桜臣《はるおみ》もニヤリと笑って応《こた》える。

「風早奏輪《かざはやかなわ》は、こんなものじゃない。近い将来《しょうらい》、もっと大きな舞台《ぶたい》に立つ人間ですよ」

そう言って、期待に満ちた表情《ひょうじょう》で暗転したステージを見上げた。


時刻《じこく》は十八時を迎《むか》えた。空がだんだんと深い青——夜に染《そ》まってきた頃《ころ》。

夜の部五番目の出演者《しゅつえんしゃ》の演奏《えんそう》が終わり、ステージの照明が落とされた。暗転したステージ上をスタッフがせわしなく走りまわり、楽器類が片付《かたづ》けられていく。

自然と観客同士《どうし》で雑談《ざつだん》が始まり、会場全体が賑《にぎ》やかな空気で包まれる。

だが次の瞬間《しゅんかん》、「お待たせしました」と司会者の声が響《ひび》くと、会場中の視線《しせん》がステージに集まった。

「次のパフォーマーは、『Cycle《サイクル》』――チャリドルの登場だ！」

スポットライトに照らされながら、ひとりの少年が自転車に乗ってステージに現《あらわ》れた。

華《はな》やかな装飾《そうしょく》のついた赤色のジャケットに、黒いフォーマルなパンツ。ジャケットの下からはちらりと白いTシャツが覗《のぞ》いていて、スポーティーな雰囲気《ふんいき》もある。

またがっているのは、スカイブルーのマウンテンバイクだ。

少年は、ステージの上をぐるっと二周ほどまわる。王子様を思わせる衣装《いしょう》と自転車の組み合わせに驚《おどろ》いたのだろう。来場者の雑談《ざつだん》はどよめきに変わる。

――これから何が起きるんだろう？

そんな期待の声が漏《も》れ聞こえてきそうなほど、会場全体に期待感が満ちていく。

ステージ中央で止まり、すぅ、と息を吸《す》い込《こ》むと、少年は宣言《せんげん》する。

「おれは風早奏輪《かざはやかなわ》。歌と自転車パフォーマンスでみんなを笑顔《えがお》にするアイドル、『チャリドル』だ！」

同時にBGMが流れ、ステージ上のすべての照明が奏輪《かなわ》に集まる。

眩《まばゆ》い光の中で、自転車のトリック――練習していたウィリーを披露《ひろう》する。

観客に最大のインパクトを与《あた》えるため、最初に最大出力のパフォーマンスを見せること。それこそが、奏輪《かなわ》と桜臣《はるおみ》で決めた作戦だった。

作戦は見事にハマった。

「あっ」と息を呑《の》むような観客たちの静けさ。無事にウィリーを終えたあと、波が引いて満ちるように、静けさは大きな歓声《かんせい》へと反転する。

（すごい！　みんながおれを見てる……！）

観客の反応《はんのう》に、ステージ前に感じた不安はいつの間にか吹《ふ》き飛《と》んでいた。

和央《わお》の用意してくれた衣装《いしょう》は身体《からだ》にフィットして、今までの衣装《いしょう》の比《ひ》にならないくらい動きやすかった。

まるで背中に羽が生えたみたいで、周りの動きがスローモーションに感じられるほどだ。

ステージを駆《か》け抜《ぬ》ける奏輪《かなわ》の目には、そのスピードに反してたくさんのものが見えていた。

商店街の知り合い、学校の友人たち、両親に連れられた児童館の子どもたち。和央《わお》とその母、そして祖母《そぼ》。ずっと応援《おうえん》してくれた桜臣《はるおみ》、相沢《あいざわ》、輪太郎《りんたろう》。そして――両親の姿《すがた》。

今日《きょう》のイベントで初めて奏輪《かなわ》を知ったであろう来場者まで、すべてのひとの顔が見える。

奏輪《かなわ》はひとりひとりに感謝《かんしゃ》しながら、流れてきたイントロに耳を傾《かたむ》ける。

一曲目に披露《ひろう》するのは、奏輪《かなわ》が最初に『カザハヤチャンネル』で歌った曲だ。

耳に掛《か》けたイヤホンマイクで、その声は会場全体に伝わる。

奏輪《かなわ》は本番での演奏曲《えんそう》と披露《ひろう》する順番――『セットリスト』を決める桜臣《はるおみ》との打ち合わせで、こんな提案《ていあん》をしていた。

『おれ、「カザハヤチャンネル」で歌った曲を順番にやっていきたいな』

『どうしてだ？　たしかに今まで歌ってきたものはメジャーな曲が多いし、さまざまな世代のひとが集まる「波フェス」には合ってると思うが……。曲順くらいは変えてもいいんじゃないか？』

奏輪《かなわ》は桜臣《はるおみ》の目をまっすぐに見て答える。

『チャリドルはおれと桐ケ谷《きりがや》、ふたりの歩みでもあるだろ？　それなら「カザハヤチャンネル」で上げた順番にやりたいなって。おれ、おまえとここまでやってきたことを父さんと母さんに……うん、みんなに見てほしいんだ』

奏輪《かなわ》から向けられたキラキラした笑顔《えがお》と、思いがけない言葉に桜臣《はるおみ》は思わず顔を背《そむ》けてしまった。

『おまえにしては、悪くないアイディアだ』

『あれ？　なんか顔赤くない？』

『……うるさい』

　こうしてセットリストは決まった。

　奏輪《かなわ》の気持ちが桜臣《はるおみ》は純粋《じゅんすい》に嬉《うれ》しかった。

　桜臣《はるおみ》にとっても『カザハヤチャンネル』、そして『チャリドル』は、ようやく見つけた「夢中《むちゅう》になれるもの」だったから。

　今回のステージのために付《つ》け焼《や》き刃《ば》で流行曲を習得《しゅうとく》するよりも、ふたりにとって意味がある、思いのこもったセットリストを歌い上げるほうが良い。

　そして、その選択《せんたく》は正解《せいかい》だった。

「奏輪《かなわ》～！」

「風早《かざはや》く～ん！」

　客席から、奏輪《かなわ》の歌に応《こた》えるように声援《せいえん》と手拍子《てびょうし》が送られる。

　こうして声をかけてくれるみんなも『カザハヤチャンネル』と、そこで歌われていた曲を大切に思ってくれているのだろう。

　観客の力が後押《あとお》しになって、奏輪《かなわ》のパフォーマンスは会場をひとつにする。

　歌に自転車トリックに、曲間のトークパート。

そのどれもが、桜臣《はるおみ》に出会ってから少しずつ磨《みが》き高めた『チャリドル』の表現《ひょうげん》の形だった。

今出せる全力を惜《お》しみなく見せて——気付けば、あっという間に終演《しゅうえん》の時間が迫《せま》っていた。

「……ありがとうございました！」

最後のパフォーマンスを終えた奏輪《かなわ》は、肩《かた》で息をしながら深々と頭を下げる。すると、歓声《かんせい》と拍手《はくしゅ》が一段《いちだん》と大きくなり、ステージを震《ふる》わせた。

今までの奏輪《かなわ》の努力が間違《まちが》いじゃなかったと伝えるような、優《やさ》しく、それでいて会場全体を埋《う》め尽《つ》くすような大きな拍手《はくしゅ》だった。

奏輪《かなわ》は顔を上げて額《ひたい》の汗《あせ》を手の甲《こう》で拭《ぬぐ》う。

ステージ下、観客席の前に設《もう》けられた撮影《さつえい》スペースでは『波フェス』のスタッフが「残り三分」のボードを掲《かか》げていた。

奏輪《かなわ》は心の中で決めていた、最後の挨拶《あいさつ》を口にする。

「みなさん、最後まで見てくれて本当にありがとうございます！　チャリドルは——おれひとりの力ではできなかったアイドルなんです」

ひと呼吸《こきゅう》置いて目を閉《と》じると、まぶたの裏《うら》にこれまでの出来事が思《おも》い浮《う》かぶ。

『カザハヤサイクル』閉店《へいてん》の危機《きき》。

桜臣《はるおみ》との出会い。

セルフプロデュースの一環《いっかん》で始めたＳＮＳの投稿《とうこう》。

たどり着いた『チャリドル』。

試行錯誤《しこうさくご》をしながらがむしゃらに走ってきたこと。

『かがり洋裁店《ようさいてん》』での和央《わお》との出会いや、『波フェス』出演《しゅつえん》のために練習してきた日々。

そして――今日《きょう》、このステージ。

奏輪《かなわ》はそのすべてに感謝《かんしゃ》しながら、言葉を紡《つむ》ぐ。

「おれが大好きな祖父《そふ》の自転車店『カザハヤサイクル』の閉店《へいてん》の危機《きき》を乗《の》り越《こ》えるために生まれたのが、自転車に乗るアイドル『チャリドル』です。おれをプロデューサーとしてサポートしてくれた桐ケ谷桜臣《きりがやはるおみ》と、こんなに素晴《すば》らしい衣装《いしょう》を作ってくれた小林和央先輩《こばやしわおせんぱい》。そして、おれをここまで支《ささ》えてくれたみなさんのおかげで、今のおれの全力を出しきることができました。本当に、本当に、ありがとうございました！」

奏輪《かなわ》の言葉に、会場からはひときわ大きな拍手《はくしゅ》が送られた。

ずっとここに立っていたい――。

だけど、「あと一分」のボードが見えて、名残惜《なごりお》しくもその場を立ち去る。

去《さ》り際《ぎわ》に、奏輪《かなわ》は会場を振《ふ》り返《かえ》った。

(父さん、母さん。どうだった?)

客席で拍手《はくしゅ》をしている両親の姿《すがた》を見て、奏輪《かなわ》は満面の笑《え》みを浮《う》かべた。

202X/10/25 Fri.

数日後。

『波フェス』を終えた奏輪《かなわ》に、再《ふたた》び日常《にちじょう》が戻《もど》ってきた。

「ふぁあ……」

難《むずか》しくて眠《ねむ》たかった四時間目の歴史《れきし》の授業《じゅぎょう》を終えて、奏輪《かなわ》は桜臣《はるおみ》と一緒《いっしょ》に空き教室へと向かう。ここ最近は、ふたり揃《そろ》って空き教室で弁当《べんとう》を食べるのが当たり前になっていた。

ふぬけた様子の奏輪《かなわ》に、桜臣《はるおみ》は「ずいぶんと眠《ねむ》そうだな」と声をかける。

「あのステージをやり遂《と》げたやつには見えないぞ」

「ステージか……あれは、すごかったよなぁ……。観客みんなおれの動きを目で追ってくれてさ」

桜臣《はるおみ》は嫌味《いやみ》のつもりで言ったのだが、ステージの輝《かがや》きを思い出したのだろう、奏輪《かなわ》は目に光を取《と》り戻《もど》す。

「また、やりたいか？」

「もちろん！」

即答《そくとう》する奏輪《かなわ》に、桜臣《はるおみ》がニヤリと笑う。

今でも夢《ゆめ》だったのではないかと思う『波フェス』の一日を、奏輪《かなわ》は思い出した。

202X/10/19 Sat.

「小林先輩《こばやしせんぱい》！　衣装《いしょう》、ありがとうございました！」

和央《わお》は自分の衣装《いしょう》を着た奏輪《かなわ》を間近で見て、満足気に言った。

「その衣装《いしょう》は、僕《ぼく》に持ち帰らせてもらえるかな。次に使うときまでに、クリーニングとメンテナンスをしておくよ。改良したい部分も見つけたし……ジャケットに合わせて、ズボンも作りたいしね」

「そんなことまでしてくれるんですか⁉　じゃあ小林先輩《こばやしせんぱい》、もしかしてチャリドルの――」

奏輪《かなわ》がそわそわとした視線《しせん》を送ると、和央《わお》はうなずく。

「衣装担当《いしょうたんとう》を僕《ぼく》にやってほしいんだろう？　だったら、管理は僕《ぼく》の仕事だよ」

「ありがとうございます！　小林先輩《こばやしせんぱい》が作った衣装《いしょう》を、おれ、これからも着られるんですね
……！」

「うん。君のパフォーマンスと個性《こせい》に合わせた最高のものを作るよ。もちろん格安《かくやす》でね」

和央《わお》はそう言うと、奏輪《かなわ》に手を差し出す。

以前、奏輪《かなわ》が感動した職人《しょくにん》の手。

奏輪《かなわ》はその手をがっしりとつかんで、和央《わお》が作ってくれた衣装《いしょう》を、必ずまた着ることを誓《ちか》った。

和央《わお》は奏輪《かなわ》からジャケットを受け取ると、母親と祖母《そぼ》が待つ客席に戻《もど》っていったのだった。

その後は奏輪《かなわ》も、桜臣《はるおみ》と一緒《いっしょ》に客席の端《はし》で『波フェス』を締《し》めくくる特別ステージ――運営《うんえい》委員会が招待《しょうたい》したプロのサックス奏者《そうしゃ》の演奏《えんそう》を聴《き》くことにした。

祭りもあと少しで終わる。

静かに余韻《よいん》にひたっていた、そのとき。突然《とつぜん》スタッフに話しかけられたのだ。

「おれが入賞……ですか？」

それは、奏輪《かなわ》と桜臣《はるおみ》にとって寝耳《ねみみ》に水《みず》の内容《ないよう》だった。

奏輪《かなわ》は『波フェス』のステージ出演者《しゅつえんしゃ》の中でもっとも観客を沸《わ》かせたチームに贈《おく》られる『観客賞』を受賞したのだ。

そして、フェスの閉会式《へいかいしき》におこなわれる授賞式《じゅしょうしき》に登壇《とうだん》することになった。

「どうしよう、桐ケ谷《きりがや》⁉　急に受賞とか言われても、おれ……」

「賞状《しょうじょう》や記念品を受け取るだけだ。何かコメントを求められたら、『チャリドル派遣《はけん》』や『カザハヤチャンネル』の宣伝《せんでん》も兼《か》ねて堂々《どうどう》とアピールしておけ」

「……うん！」

動画審査《しんさ》や当日のパフォーマンスの準備《じゅんび》で頭がいっぱいで、賞レース形式になっていることを意識《いしき》していなかったふたりは、チャリドルを続けるのにこれ以上ない結果を出したことに拳《こぶし》を重ねて喜《よろこ》び合《あ》った。

202X/10/25 Fri.

それからの数日、奏輪《かなわ》はいまだに夢心地《ゆめごこち》の日々を送っていた。

一方で、早く次の活動がしたい——そう奏輪《かなわ》に思わせるような驚《おどろ》きの出来事が、もうひとつあった。

『波フェス』運営《うんえい》委員会の公式マイチューブに当日のステージ動画が投稿《とうこう》されると、『チャリドル』という今までになかったアイドルの形が、切《き》り抜《ぬ》き動画で注目され——ツイスタなど他のＳＮＳでプチバズを起こしたのだ。

ＳＮＳで話題になったことで、『カザハヤチャンネル』の登録者数も急増《きゅうぞう》した。

空き教室で昼食を食べ終えると、桜臣《はるおみ》は自分のスマホで他の出演者《しゅつえんしゃ》のパフォーマンスの動画を映《うつ》し出《だ》す。ふたりでそれを見ながら、チャリドルに取り入れられるポイントはないか話し合うことが今日《きょう》集まった目的だった。

「このひとの衣装《いしょう》は参考になるな。ステージ映《ば》えするし、おまえにも似合《にあ》いそうだ。明日《あす》にでも、小林先輩《こばやしせんぱい》に相談してみるか」

「あぁ……」

「この劇団《げきだん》の俳優《はいゆう》はみんな、声の伸《の》びがいい。日々、発声の訓練をしてるんだろう。おまえもそろそろ本格的《ほんかくてき》な発声練習を取り入れてみるのはどうだ」

「うん、そうだな……」

生返事を繰《く》り返《かえ》す奏輪《かなわ》に、桜臣《はるおみ》は冷たく言った。

「おまえ、ぜんぜん意見出してないじゃないか。ちゃんと見てるのか？　おまえのアイドルへの想《おも》いはその程度《ていど》だったってことだな」

「ご、ごめん。そういうわけじゃ――」

奏輪《かなわ》は慌《あわ》てて桜臣《はるおみ》に告《つ》げるが、遅《おそ》かった。

「やる気がないなら、俺《おれ》は読書に戻《もど》る」

桜臣《はるおみ》は奏輪《かなわ》の言うことも聞かず、教室を出て図書室に向かった。

「なんだよ～、桐ヶ谷《きりがや》のやつ！　賞ももらったんだし、少しくらい褒《ほ》めてくれたっていいじゃん！」

奏輪《かなわ》は小声で桜臣《はるおみ》に対して文句《もんく》を言いながら、自分のスマホを取り出した。

両親はあのあと、『チャリドル』の活動再開《さいかい》を認《みと》めてくれた。「成績《せいせき》を落とさない」という条《じょう》件《けん》つきで、塾《じゅく》に行くことも免除《めんじょ》されている。

ふたりが最初にしたことは『波フェス』ライブステージの再現《さいげん》動画の制作《せいさく》だった。完成した動画を今朝《けさ》『カザハヤチャンネル』に投稿《とうこう》したため、反応《はんのう》が気になってしまい、桜《はる》臣《おみ》に対して気もそぞろな返事をしてしまったのだ。

『【チャリドル】波フェスのステージを完全再現《さいげん》【フル尺《しゃく》】』

切《き》り抜《ぬ》き動画をきっかけにチャリドルがバズっているのを見た桜臣《はるおみ》が、機転を利《き》かせて提案《ていあん》してくれた再現《さいげん》動画。その再生数《さいせいすう》は、これまでより早いペースで伸《の》びている。

「良い感じで伸《の》びてる！　こうやっていろいろやってるんだから、あいつもちょっとくらいは肩《かた》の力抜《ぬ》けばいいのにさ」

そう言いながらあらためて動画を見ていると、新着通知があった。かわいい猫《ねこ》のアイコンの人物が、奏輪《かなわ》のパフォーマンスにコメントをくれたのだ。

『邑楽《おうら》みほ：

はじめまして。活動の初期から応援《おうえん》している者です。

「波フェス」のステージ再現《さいげん》、すっごく良かったです！

歌のセトリ、これまでチャンネルにアップされてる動画の並《なら》びと同じですよね。

チャンネルのこと大事にしてるんだなって伝わってきて、すごく嬉《うれ》しかったです。奏輪《かなわ》さんにしかできないチャリドルならではのパフォーマンス、これからもずっと続けてほしいです。応援《おうえん》してます！

追伸《ついしん》…新衣装《いしょう》も素敵《すてき》でした！　奏輪《かなわ》さんに似合《にあ》ってて、いつも以上に輝《かがや》いて見えました。』


奏輪《かなわ》はそれを見て、飛び上がりそうなほどに嬉《うれ》しくなった。

「ま、まじ⁉　これって、知り合いじゃなくて純粋《じゅんすい》なファンコメってことだよな⁉　このアイコンも見たことないし……チャリドルにもいよいよ新規《しんき》のファンがついたぞ！」


チャリドルを応援《おうえん》してくれるのは、実際《じっさい》に会ったことのあるひとだけじゃない。インターネットの向こうにもチャリドルを待ってくれているひとたちがいるはずだ。

ときには、賞賛《しょうさん》だけでなく、辛辣《しんらつ》なコメントを投げかけるひともいるだろう。

いつも順風満帆《じゅんぷうまんぱん》なわけではなく、厳《きび》しいことも苦しいこともあるかもしれない。

それでも奏輪《かなわ》は、前に進んでいく。

アイドル活動が好きだから。

チャリドルを通じてしか、出会えない仲間や、ファンのみんながいるから。

「……へへ。このコメント、桐ケ谷《きりがや》にも教えてやらないとな！」

奏輪《かなわ》はもらった言葉を知らせようと、桜臣《はるおみ》を追いかけるのだった。

［ epilogue ］

商店街の一角にある、昔ながらの自転車店『カザハヤサイクル』。

そこには、ひとりのアイドルがいる。

店主の孫である少年・風早奏輪《かざはやかなわ》。

明るく元気で、太陽みたいに笑顔《えがお》がまぶしい、自転車が大好きな中学一年生。

彼《かれ》は豊《ゆた》かな自然に囲《かこ》まれた波島《なみしま》で、普通《ふつう》の学生としての日常《にちじょう》を送っていた。

しかし、その日常《にちじょう》は以前とは少し違《ちが》っていた。


放課後。

奏輪《かなわ》が店番をしていると、ひとりの老婦人《ろうふじん》が店を訪《おとず》れる。

夏樹《なつき》のおばちゃん、と奏輪《かなわ》が呼《よ》ぶ常連《じょうれん》さんは、奏輪《かなわ》を見ると嬉《うれ》しそうににっこりと笑った。

「奏輪《かなわ》ちゃん。秋祭り見たわよ〜。おばさん感動しちゃった」

「ありがとう！　見てくれてたんだね。夏樹《なつき》のおばちゃんが、おれのことをアイドルだって言ってくれたおかげだよ」

奏輪《かなわ》がアイドルを志《こころざ》したのも、すべて店の常連《じょうれん》や商店街のひとたちの後押《あとお》しのおかげだ。

『カザハヤサイクル』は、『波フェス』での奏輪《かなわ》の活躍《かつやく》もあってしばらく盛況《せいきょう》が続いていた。お店の商品を買ってくれるひともちらほらといたが、どちらかというと、奏輪《かなわ》目当てで店を訪《おとず》れるひとが多い印象だ。

そんな様子に、輪太郎《りんたろう》は「商売あがったりだ」と言いながらも嬉《うれ》しそうで、「さっきもおまえ目当ての客が来てたぞ」と、店番をしに来た奏輪《かなわ》に報告《ほうこく》してくれるのだ。

今日《きょう》もこうして近くを通りかかった夏樹《なつき》が『カザハヤサイクル』を訪《おとず》れていたが、数日前には和央《わお》が、昨日《きのう》は相沢《あいざわ》と児童館の子どもたちが、奏輪《かなわ》と話をしようと店を訪《おとず》れていた。

奏輪《かなわ》が今まで慣《な》れ親《した》しんできた『カザハヤサイクル』での日常《にちじょう》は、奏輪《かなわ》が外の世界に踏《ふ》み出《だ》すことで、新しい日常《にちじょう》に変わっていったのだ。

「――じゃあ、また遊びに来るわね。奏輪《かなわ》ちゃん」

「うん！　またね、夏樹《なつき》のおばちゃん！」

世間話を終えると、夏樹《なつき》は清涼《せいりょう》飲料水を差し入れて帰っていった。奏輪《かなわ》はそれを飲みながら、ぼんやりとガラス戸の向こうに見える青空を見上げる。

(チャリドルのおかげで、世界がすっごく広がった気がするよな。おれひとりの想《おも》いだけじゃなくて、みんなの想《おも》いがつながって、大きなものになったっていうか)

自分の『好き』が、自分の手が届《とど》く範囲《はんい》の外側――広い世界に届《とど》いていることが、今でも不思議でならない。

(桐ヶ谷《きりがや》が、セルフプロデュースのやりかたを教えてくれたおかげだな)

そんなことを考えていると、店の入り口から、頭の中に思《おも》い描《えが》いていた人物の声がした。

「いるか、奏輪《かなわ》」

奏輪《かなわ》、と呼《よ》ばれて驚《おどろ》く。

桜臣《はるおみ》に名前で呼《よ》ばれるのは初めてのことだったからだ。

「えぇっと。それ、おれのことで合ってるよな?」

おそるおそる、桜臣《はるおみ》に聞く。

桜臣《はるおみ》はその反応《はんのう》に、気恥《きは》ずかしさをごまかすように大きくため息をつく。

「おまえ以外に誰《だれ》がいる。『波フェス』以来、おまえのご家族とも知り合いになったんだ。『風《かざ》早《はや》』呼《よ》びだと誰《だれ》が誰《だれ》だかわからないだろう」

「そっか、そうだよな……。じゃあ、桜臣《はるおみ》。今日《きょう》はどうしたんだ?」

「今から時間はあるか。話がある」

そう言って、かばんから取り出したのは、お馴染《なじ》みの『風早奏輪《かざはやかなわ》プロデュース計画』と書かれたノートだ。

「おぉ、そのノートが出てきたってことは……。いよいよ次の活動が始まるんだな！」

奏輪《かなわ》は期待に胸《むね》を膨《ふく》らませ、キラキラした瞳《ひとみ》で桜臣《はるおみ》を見た。

「次は何をする？　新技《しんわざ》の練習？　それともいよいよ大手事務所《じむしょ》に売《う》り込《こ》みに行くのか？」

待ちきれないとばかりに、桜臣《はるおみ》に顔を近付ける奏輪《かなわ》。

「次のチャリドルの活動は――」

「え……!?」

思いも寄《よ》らない提案《ていあん》に、奏輪《かなわ》は素《す》っ頓狂《とんきょう》な声を上げる。

桜臣《はるおみ》がノートを開くと、そこには桜臣《はるおみ》が考えた計画が事細かに書かれていた。

それはまるで、チャリドルがもっと広い世界に羽ばたいていくための――未来を指《さ》し示《しめ》す地図のようだと思いながら、奏輪《かなわ》はノートを食い入るように見つめる。

桜臣《はるおみ》はその反応《はんのう》にニヤリと笑うと、奏輪《かなわ》に力強い視線《しせん》を向けた。

「……覚悟《かくご》はいいな、奏輪《かなわ》」

「もちろんだ、桜臣《はるおみ》！」

チャリドルの未来に、奏輪《かなわ》は胸《むね》を躍《おど》らせて、元気いっぱいに答えるのだった。

あとがき

こんにちは。原作の十夜《とおや》です。

この度《たび》は『Re《リ》：cycle《サイクル》』をお手に取って頂《いただ》き、本当にありがとうございます。

僕《ぼく》はPHPジュニアノベルから発売中の『告白《こくはく》プロデュース！』、通称《つうしょう》・代告屋《だいこくや》シリーズの原作を手掛《てが》けているのですが、並行《へいこう》して、カラフルノベルで新シリーズを制作《せいさく》するお話をいただけました。

じゃあ何を書こうかなと考えて、自分の変わった経歴《けいれき》をもとに「アイドルを題材にした物語を作ろう」と思い立ちました。実は、僕《ぼく》もかつてステージに立つ仕事をしていたのですが、アイドル戦国時代と呼《よ》ばれている今は、ビックリするほど色々な形のアイドルが存在《そんざい》しますよね。

奏輪《かなわ》は「祖父《そふ》が経営《けいえい》する自転車店を守るため」にアイドルになろうと決意しますが、このちょっと異質《いしつ》な設定《せってい》は、今は無き実家の店のことを考えながら描《えが》いていきました。あ、別に自転車店だったわけではないんですけどね。

『Re《リ》：cycle《サイクル》』は「アイドル」がテーマですが、一巻《かん》では特に「セルフプロデュース」についてしっかり描写《びょうしゃ》できるよう、木野《きの》さんとともに作《つく》り込《こ》みました。

僕《ぼく》のかつての経験《けいけん》で得《え》た知識《ちしき》をベースに、最近の風潮《ふうちょう》も盛《も》り込《こ》んでいるので、「自分を変えたい」とか「理想の自分を表現《ひょうげん》したい」と思ったとき、作中の桜臣《はるおみ》のアドバイスを実行してみてもらえたら嬉《うれ》しいです。

人の価値《かち》を数値化《すうちか》して測《はか》ることには賛否両論《さんぴりょうろん》ありますが、「いいね」の数で一喜一憂《いっきいちゆう》する気持ちは誰《だれ》にでもあるものだと思います。

せっかくなら自分が発信したメッセージに対して「いいね」とリアクションしてもらいたい。

自分の気持ちや、夢《ゆめ》に共感して、応援《おうえん》してくれるひとに出会いたい。

そのキラキラした気持ちを「ないもの」にするのではなく、夢《ゆめ》をつかむチャンスの場として、ＳＮＳを楽しく活用していけるといいのではないでしょうか。

また今作では、表舞台《おもてぶたい》に立つ「アイドル」だけではなく、桜臣《はるおみ》の「プロデュース」、和央《わお》の「衣装担当《いしょうたんとう》」のような、裏方《うらかた》と言われる仕事にもしっかりスポットライトを当てています。

アイドルに限《かぎ》らず、どんな仕事でも一人で成り立つものはありません。

先ほどは分かりやすく「裏方《うらかた》」という言い方をしましたが、僕《ぼく》は「仕事に裏方《うらかた》はない」と思っています。『みんながその世界のプロフェッショナルで、主人公』。そんな想《おも》いを込《こ》めて、この先も奏輪《かなわ》を支《ささ》えるキャラクターをたくさん登場させたいと考えているので、どうか続編《ぞくへん》が出せるよう、応援《おうえん》してもらえたら嬉《うれ》しいです。

そして、この『Re《リ》：cycle《サイクル》』というタイトル。

「cycle《サイクル》」は「自転車」という意味で、奏輪《かなわ》がチャリドルを伏《ふ》せるために使ったアイドル名でもありますが、実はタイトル全体を通してもっともっと深い意味があります。こちらも、いつか明かせる時がきたらいいな……と思っているので、ぜひぜひ楽しみにしていてください。

冒頭《ぼうとう》でお話しましたが、僕《ぼく》のもうひとつの原作担当《たんとう》作『告白《こくはく》プロデュース！』もよろしくお願いします。和央《わお》くんと同じ苗字《みょうじ》の少年も、このシリーズの第一巻《かん》で依頼人《いらいにん》として登場します。作品同士《どうし》のクロスオーバーも楽しんでもらえたら嬉《うれ》しいです。


最後に、僕《ぼく》の拙《つたな》い原案から素晴《すば》らしい物語を引き出してくれた著者《ちょしゃ》の木野誠太郎《きのせいたろう》先生、奏輪《かなわ》たちに命を吹《ふ》き込《こ》み世界観を拡《ひろ》げてくれたイラストレーターのふすいさん、全てを統括《とうかつ》して一冊《さつ》にまとめ上げてくれた担当編集《たんとうへんしゅう》の小野《おの》さん他、『Re《リ》：cycle《サイクル》』製作《せいさく》に関わってくれた全ての皆《みな》様《さま》、そしてこの本を読んでくれたあなたに、心から感謝《かんしゃ》を申し上げます。

十夜《とおや》

あとがき

突然《とつぜん》ですが、あなたには夢《ゆめ》がありますか？

別に大それた野望がなくても大丈夫《だいじょうぶ》です。夢《ゆめ》だって、何ならなくたって構《かま》いません。学校の授業《じゅぎょう》や自己紹介《じこしょうかい》で語られる『将来《しょうらい》の夢《ゆめ》』が負担《ふたん》になっているひとだって、当然いるでしょう。

事実、この物語の主人公――奏輪《かなわ》も、はじめから『チャリドル』の夢《ゆめ》を抱《いだ》いていたわけではありません。奏輪《かなわ》が祖父《そふ》のお店を守りたい一心から始めたセルフプロデュースを通じて、自分の打《う》ち込《こ》めるもの、なりたい姿《すがた》を模索《もさく》していきます。

『Re《リ》：cycle《サイクル》』の執筆《しっぴつ》も奏輪《かなわ》の物語と同じように、模索《もさく》の旅でした。

原作の十夜《とおや》さんが自らの経験を元に作ってくださった素敵な原作とキャラクター設定《せってい》表を元に、最近アイドルもののゲームシナリオを書いている木野《きの》が執筆担当《しっぴつたんとう》に選ばれたのですが、執《しっ》筆《ぴつ》中に原作の魅力《みりょく》をよりよく伝えるために、いくつか変えさせていただいた部分があります。

本文を試しに書こうとパソコンに向かう中で感じたのは、奏輪《かなわ》の境遇《きょうぐう》や目指すものが、自分の生まれ育った尾道《おのみち》の街を舞台《ぶたい》にするとうまく噛《か》み合《あ》うことでした。

商店街に賑《にぎ》わいがあり、個人《こじん》商店がいくつも残っていること。島々に続くしまなみ海道には、毎年多くのサイクリストや観光客が訪《おとず》れること。おしゃれなカフェやベーカリーが街の魅力《みりょく》をSNSで発信していること……。

すぐさま編集《へんしゅう》の小野《おの》さんと十夜《とおや》さんに提案《ていあん》し、尾道《おのみち》とその周辺の島々をミックスした本作の舞台《ぶたい》『波島《なみしま》』が生まれました。

中学生当時の自分が、大人《おとな》になって地元を舞台《ぶたい》にした小説を書いているなんて夢《ゆめ》にも思わないでしょう。自分の生まれ育った街の風景が、十夜《とおや》さんの示してくださった『チャリドル』に重なるなんて奇跡《きせき》としか言いようがありません。きっと、夢《ゆめ》というほど大層なものではないかもしれませんが、小説を夢中《むちゅう》で書いている中で「やりたいこと」が生まれ、叶《かな》ったのだと思います。

だからもし、今あなたが模索《もさく》の旅の途中《とちゅう》だとしても安心してください。毎日を「好きなこと」や「やりたいこと」で満《み》たした先に夢《ゆめ》は生まれてくるものですから。

最後に、一冊《さつ》の本という舞台《ぶたい》を一緒《いっしょ》に作り上げてくださった原作の十夜《とおや》さん、編集《へんしゅう》の小野《おの》さん、イラストレーターのふすいさん、本書に携《たずさ》わってくださったすべての方々にこの場を借りてお礼申し上げます。
そして、この物語を読んでくださった「あなた」に、心からの感謝《かんしゃ》を。

木《き》野《の》誠《せい》太《た》郎《ろう》

〈著者略歴〉

●原作／十夜（とおや）

愛知県出身。自身もアイドルとして活動、また、中学校・高等学校で三年間教鞭を執った経験がある。「告白プロデュース！」シリーズ（PHP ジュニアノベル）で原作デビュー。YouTube『十夜チャンネル』と X（旧 Twitter）アカウント@ Toya_daikokuya でゲーム実況や原作担当小説の裏話を不定期で発信中。

●著／木野誠太郎（きの・せいたろう）

広島県出身。ゲーム会社勤務のシナリオライターとして「あんさんぶるスターズ!!」「あんさんぶるガールズ!!」（以上、Happy Elements 株式会社）他、青春・ファンタジージャンルのシナリオを執筆し、好評を博している。主な著書に『東京ザナドゥ』、共著に『ラストで君は「まさか！」と言うたったひとつの嘘』（以上、ＰＨＰ研究所）などがある。

イラスト ● ふすい
デザイン ● 根本綾子（Karon）
組版 ● 株式会社 RUHIA
プロデュース ● 小野くるみ（PHP 研究所）

Re：cycle《リサイクル》
たったひとりのアイドル

2024年1月10日　第1版第1刷発行

原　作　十夜
著　者　木野誠太郎
発行者　永田貴之
発行所　株式会社ＰＨＰ研究所
東京本部　〒135-8137　江東区豊洲5-6-52
児童書出版部　☎03-3520-9635（編集）
普及部　☎03-3520-9630（販売）
京都本部　〒601-8411　京都市南区西九条北ノ内町11
PHP INTERFACE　https://www.php.co.jp/
印刷所　株式会社精興社
製本所　株式会社大進堂

ISBN978-4-569-88146-1

NDC913　233P　20cm

描《か》きおろし巻《かん》頭《とう》マンガつき
あんたが依頼者《いらいしゃ》の小林君《こばしくん》か？
告白《こくはく》プロデュース！
KOKUHAKU PRODUCE!
原作 十夜《とおや》
著 ココロ直《なお》
イラスト モゲラッタ
❶「代告屋《だいこくや》」結成《けっせい》しました!?／❷「代告屋《だいこくや》」とナゾだらけの依頼人《いらいにん》!?

男子《だんし》3人《にん》で
秘密《ひみつ》の部活《ぶかつ》はじめました！

生徒たちの「告白を手伝う」秘密の部活・代告屋（だいこくや）を、男子３人で立ち上げた中学１年生のユウ。ところが、依頼人たちは様々な秘密を抱えていて…!? ナゾと真実を解き明かし『本当の想い』をターゲットに届けることはできるのか？

１冊に２つのお話を収録！

PHPジュニアノベル
全国書店で好評発売中

いつだって誰だって、簡単にひとりになる。

櫻いいよ／著

PHP カラフルノベル